# TRICK OR TREAT

## EIN HERZ FÜR DEN SINGLE-DAD UND CEO

BOSS LOVE IN CHICAGO BAND 1

KATRIN EMILIA BUCK

## ÜBER DIE AUTORIN

Katrin lebt mit ihrem Mann und ihrem Sohn in der schönen Zentralschweiz. Sie ist gelernte Ingenieurin, hat viele Jahre in der Versicherungsbranche gearbeitet und so die ganze Welt bereist. Sie liebt Bücher aller Art, schöne Sandstrände, locker luftig aufgeschlagenen Milchschaum für ihren Cappuccino, Erdbeeren direkt vom Feld und Handtaschen in allen Formen, Farben und Größen. Wenn sie nicht gerade liest, schreibt sie.

**DU ERREICHST KATRIN UNTER:**
Website: www.katrinebuck.net
FB-Seite: www.facebook.com/KatrinEmiliaBuckAutorin
Instagram: www.instagram.com/katrinemiliabuck_autorin
E-Mail: newsletter(at)katrinebuck.net
Amazon: Follow

Liebesroman

# Trick or Treat

## EIN HERZ FÜR DEN SINGLE-DAD & CEO

„Boss Love in Chicago“-Reihe Band 1

KATRIN E. BUCK

1. Auflage Oktober 2023



www.katrinebuck.net

katrinebuck@gmail.com

Lektorat und Korrektorat: Corinna Rindlisbacher, www.ebokks.de

Cover: Hippomonte Publishing e.K.

Covermotive: Männerkörper © by MrCat, www.depositphotos.de (Stockfoto-ID: 50245871); Männerkopf © by NeonShot, www.depositphotos.de (Stockfoto-ID: 128964430); Laub © by Lucian3D, www.depositphotos.de (Stockfoto-ID: 69038549); Hintergrund © by alekseigl, www.depositphotos.de (Stockfoto-ID: 195447402)

# Prolog

COLE

»Auf uns!«, ruft unsere Freundin Sam und reckt ihr Glas in die Höhe. Ihre braunen Augen blitzen und ihre blonden Locken tanzen, als sie sich vom Fenster des *Aria Resorts* in Las Vegas wegdreht, um uns zuzuprosten.

»Auf ein unvergessliches Wochenende!«, stimmt Alex mit ein und ist dabei wie erwartet etwas weniger euphorisch als Sam. Sein Slogan ist ja schließlich: »Cool bleiben.« Sam und Alex haben zusammen die angesagte Livemusik-App VIBO gegründet.

Der Vierte im Bunde ist Rowan, er und Sam haben in Harvard Computer Sciences studiert und auch ihn habe ich nie aus den Augen verloren. Wir vier sind beste Freunde, doch Rowans angespannte Züge lassen den Schluss zu, dass er sich gerade meilenweit wegwünscht – er ist einfach nicht der Typ, der gerne feiert. Jedoch hoffe ich, dass dieses Wochenende auch meinen Freunden die Gelegenheit gibt, etwas auszuspannen. Ich jedenfalls habe einen Tapetenwechsel dringend nötig. Besser ich lege auch endlich mein Handy weg. Die E-Mails werden nicht weniger. Ganz im Gegenteil, der Zirkus geht erst richtig los, wenn mein Dad nächste Woche seinen Rücktritt bekannt gibt und mich somit vorzeitig zum CEO der Harris-Gruppe erklärt. Fuck! Ich bin noch nicht mal dreißig und soll die weltweit größte Hotelkette mit knapp hunderttausend Mitarbeitern führen!

Doch mein Dad ist felsenfest davon überzeugt, dass ich bereit bin, und vor allem, dass er mir nichts mehr beibringen kann. Und um sicherzugehen, dass er seine beispiellose Karriere hinter sich lassen kann, hat er kurzerhand für sich und Mom eine Kreuzfahrt in der Südsee gebucht. Möglichst weit weg und nur im Notfall zu erreichen. Toll, ganz toll!

Der Druck in meiner Brust wird immer größer. Ich versuche ihn wegzumassieren, es gelingt mir kaum. Also strecke ich dieses Mal mein Glas in die Luft, rufe: »Cheers!«, und exe den Inhalt im nächsten Moment. Eine Todsünde, der Bourbon kostet fast zweitausend Dollar die Flasche.

Meine Freunde kommentieren mein seltsames Verhalten nicht, wofür ich ihnen dankbar bin. Auch ich will einfach abschalten.

»Der Blick auf den Strip ist phänomenal«, bemerkt Sam zum wiederholten Mal, während sie verträumt auf die vielen Lichter unter ihr blickt.

»Die Aussicht aus allen unseren Zimmern. Danke für deine Großzügigkeit, Cole.« Alex klopft mir auf die Schulter.

»Wenn schon, denn schon.« Dieses Wochenende will ich es krachen lassen, obwohl ich mein Geld sonst nicht leichtsinnig ausgebe. Meine Schwestern und ich sind nicht so erzogen worden. Wir sind uns alle bewusst, dass unser Urgroßvater das erste Hotel aus dem Nichts erbaut hat und es nicht selbstverständlich ist, dass ich hundertfünfundzwanzig Jahre später hier stehe. Unzählige Krisen haben meine Vorfahren fast in die Knie gezwungen, sie konnten das Blatt immer wenden, dank ihrer Cleverness und Glück. Nein, ich bin absolut privilegiert, in die Fußstapfen meines Dads zu treten. Jetzt muss ich nur noch herausfinden, wie ich sie ausfüllen kann.

»Ich bin sehr froh, dass ihr alle mitgekommen seid«, gestehe ich. »Wer will noch einen Drink?«, lenke ich auch gleich davon ab, dass ich nicht darüber reden will, was mich wirklich beschäftigt.

»Ich habe noch, danke.« Alex nippt genüsslich an seinem Whiskey.

»Entfaltet sich das Aroma?«, neckt ihn Sam sogleich.

»Aber immer«, antwortet Alex und zieht bloß eine Augenbraue hoch, als ich Rowan und mir nachschenke. Wir trinken unseren Whiskey gerne pur, Alex mit Wasser, eben wegen des Aromas, aber Sam ist die wirklich Toughe unter uns. Es schüttelt mich, wenn ich mir bloß vorstelle, wie bitter ihr Negroni schmecken muss.

»Also, was steht an? Die Show geht erst um neun Uhr los?«, erkundigt sich Sam.

»Ja, im *Caesars Palace*. Wir essen vorher, es reicht vielleicht sogar noch für eine Runde an den Spieltischen und nach dem Konzert ruft der Club unseren Namen. Calvin Harris legt im *Wynn* auf.« Ich habe den ganzen Abend geplant und meine Freunde bis jetzt im Dunkeln gelassen. Zu welcher Show wir gehen, wissen sie immer noch nicht.

»Dein Namensvetter«, antwortet Sam zwinkernd.

»Männliche Unterstützung könnte in meiner Familie nicht schaden, leider sind Calvin und ich nicht verwandt.«

»Ja, Mann, vier Schwestern sind ein hartes Los. Aber wie ich immer sage …«, beginnt Alex.

»Cool bleiben«, beenden wir im Chor seinen Slogan.

Doch Rowans fragender Blick ist dabei nicht zu übersehen. Das *Wynn* liegt einen Katzensprung vom *Harris Resort Las Vegas* entfernt. Keiner hat bisher gefragt, warum wir nicht einfach in meinem Hotel übernachten oder uns dort eine Show ansehen, das Casino unsicher machen und im hoteleigenen Club tanzen gehen. Abstand. Nicht mal meine Schwestern wissen, dass ich hier bin, und sie sind neben meinen vier Freunden meine engsten Vertrauten. Außer Sam hat geplappert, denn sie ist mit Taylor, meiner ältesten Schwester und zukünftigen Leiterin der Sicherheitsabteilung befreundet.

»Klingt alles ganz harmlos«, bemerkt Sam, während sie mich durch schmale Augen mustert.

»Natürlich, was sonst?«

Dass Sam mir nichts abkauft und Antworten will, merke ich, als sich Alex und Rowan verabschieden, um sich für den Abend umzuziehen, und sie zurückbleibt.

»Was ist? Willst du mich dran erinnern, dass ich Verantwortung trage?« Um ihr keine Chance zu geben, in meinen Augen zu lesen, wie aufgewühlt ich bin, gehe ich an ihr vorbei zur kleinen Küche und beginne unsere Gläser abzuwaschen.

»Wir machen uns Sorgen. Deine Einladung kam so plötzlich und du wirkst gehetzt. Wenn du reden willst …«

»Nein, aber danke.« Meine Freunde können mir nicht helfen. Denn es geht nicht nur um den CEO-Posten, sondern auch um Beziehungen. Und davon verstehen meine Freunde so wenig wie ich. Außer Rowan, nur nachdem ihm seine Ex so übel mitgespielt hat, ist er mit dem Thema Frauen durch.

»Bist du sicher?« Sie wartet, holt dann tief Luft und fragt: »Spielst du mit dem Gedanken, alles hinzuschmeißen?«

»Was? Wie kommst du darauf?«

»Weil das hier nicht du bist. Und du weißt, welchen Ruf Vegas hat.«

»Was oder wer bin ich denn?«, brause ich auf, komplett von ihrer ersten Aussage getriggert. »Der Mustersohn, zukünftige CEO und Saubermann, der die Harris-Gruppe zu neuen Höhenflügen führen wird?«

»Natürlich, genau so präsentierst du dich, seit ich dich kenne«, neckt mich Sam, fügt dann ernst an: »Es hat keiner behauptet, dass du perfekt sein musst. Auch dein Dad nicht. Nur wenn du weiterhin so tust, als ob du nie Probleme hättest und immer alles super läuft, wird sich bald keiner mehr fragen, ob es überhaupt stimmt.«

»Ich bin nicht perfekt.«

»Natürlich nicht, Hilfe anzunehmen ist auch keine Schwäche.«

Nein, nur fällt es mir verdammt schwer.

»Danke, ich denke darüber nach.«

»Tu das. So, jetzt gehe ich mich besser ebenfalls umziehen.« Sie wartet noch einen Moment, doch ich habe nichts mehr zu sagen. Dass wir in Las Vegas sind, ist kein Zufall, aber nicht aus den Gründen, die Sam befürchtet. Als sie weg ist, zücke ich nochmals mein Handy und rufe ein Bild von Dixie Malone auf. Sie besitzt grüne, funkelnde Augen, eine braune Lockenmähne und das verführerischste Lächeln, das ich jemals gesehen habe. Dixie ist eine berühmte Countrymusikerin. Bis vor ein paar Monaten kannte ich sie überhaupt nicht. Doch als ich sie auf einer Hochzeit sah, war ich vom ersten Moment an hin und weg. Wir haben kaum ein Wort miteinander gewechselt, danach war ich zu sehr mit Arbeit eingespannt, als dass ich sie in Nashville, ihrem Wohnort, hätte besuchen können. Ich dachte, ich hätte noch Zeit, aber mein Dad hat mir auch in dieser Hinsicht einen Strich durch die Rechnung gemacht.

Als CEO muss ich meine Reisen massiv einschränken. Somit ist heute Abend meine einzige Chance, Dixie zu treffen, denn ich habe Karten für ihre Show besorgt. Meine Freunde haben keine Ahnung, dass wir zu einem Countrymusikkonzert fahren. Sie werden mich löchern, sobald ich es ihnen erzähle, denn ich stehe auf Indiemusik, alternativen Pop und guten alten Hardrock.

Meine Vorfreude auf Dixie verdrängt alle meine Sorgen, und als ich meine Freunde eine halbe Stunde später in der Lobby des *Aria* treffe, fällt mir auf, dass wir alle entspannter wirken. Rowan witzelt sogar mit Sam, die ihre Bleistiftröcke gegen ein dunkelgrünes Kleid eingetauscht und ihre Locken noch wilder frisiert hat als sonst. Alex ist wie ich komplett in Schwarz gekleidet und scheint zu allem bereit zu sein, denn auch er grinst, als er mich kommen sieht. Wie früher klatschen wir ab.

»Ich habe ein Uber bestellt«, informiert er mich.

»Ich hatte schon einen Wagen organisiert«, kontere ich amüsiert. Wir sind alle Kontrollfreaks, somit bin ich nicht überrascht, dass meine Freunde sich in meine Organisation einmischen und sie kurzerhand über den Haufen werfen. Ich folge ihnen aus dem Hotel.

»Uber? So nennt man Stretchlimousinen also?«

Belustigt betrachte ich das pinke Monster, das vor dem Hotel auf uns wartet.

»Also eigentlich ist der Wagen ein Geschenk von deiner lieben Schwester Taylor«, berichtigt Sam kichernd.

Wusste ich doch, dass Sam ihr von unserem Trip erzählt hat. Bevor ich einsteige, setze ich mich auf die Fahrzeughaube und schieße ein Selfie, das ich Taylor mit der folgenden Nachricht schicke:

> COLE: Dir auch einen schönen Abend. ;-)

Kaum gesendet, schalte ich mein Handy ab. Das wird Taylor wahnsinnig machen, denn aus Sicherheitsgründen kann sie mich normalerweise jederzeit tracken. Aber heute will ich meine Ruhe haben. Ich stecke mein Handy ein, genieße das Gefühl, komplett frei zu sein, und steige als Letzter in den Fond der Limousine.

Die Fahrt zum *Wynn Hotel* dauert bloß fünf Minuten. Hier essen wir zu Abend. Leider kann ich mich kaum darauf konzentrieren, zu sehr fiebere ich Dixies Konzert im Anschluss entgegen. Außerdem sind wir bereits kurz vor knapp, und ich will auf keinen Fall zu spät kommen.

»Geht es dir gut, Cole?« Rowan betrachtet mich stirnrunzelnd, scheint sein Steak aber zu genießen.

»Ja.« Doch wenn das so weiter geht, gleich nicht mehr. »Wir besuchen Dixie Malones Show und ich will nicht zu spät kommen. Also, wenn ihr euch etwas beeilen könntet …«, erkläre ich ungeduldig. So viel zu Überraschungen. Aber auf den verdatterten Gesichtsausdruck meiner Freunde muss ich nicht verzichten.

»Dixie Malone? Die Countrysängerin?« Rowan hat seine Stimme als Erster wieder gefunden. Das Steak scheint vergessen.

»Ja, warum nicht? Ist mal was anderes.«

»Oder ist da vielleicht mehr? Du wirkst wie damals auf dem College, weißt du noch, da gab es dieses Mädchen … Wie hieß sie doch gleich?« Alex prostet mir grinsend zu.

»Dixie Malone, wer hätte das gedacht? Du stehst also auf sie?« Sam beginnt allen Ernstes, einen von Dixies Songs zu trällern, und fordert uns alle auf, mitzusingen.

»Echt jetzt, Leute?« Genervt verdrehe ich die Augen und spüre genau, wie mir die Röte den Hals hinaufkriecht. Ich fühle mich wirklich gerade wieder wie achtzehn.

»Kommt schon, erlösen wir Cole.« Alex wischt sich den Mund mit einer Serviette sauber und ruft den Kellner, um die Rechnung zu begleichen.

. . .

Im *Caesars* angekommen, gehe ich zielstrebig zur Loge, die ich gebucht habe. Sie ist für zwölf Besucher gedacht, doch da ich meine Privatsphäre will, habe ich kurzerhand alle Plätze gekauft.

»Du hast dich ganz schön verguckt«, murmelt Rowan perplex, als wir unsere Plätze beziehen.

»Ich freue mich auf das Konzert«, lasse ich seine Frage unbeantwortet.

»Verguckt? Was haben wir denn alles verpasst?« Alex scheint ratlos, genau wie Sam.

Der Saal verdunkelt sich und erspart mir eine Erklärung. Spotlichter erhellen die Bühne und mein Herz bleibt einen Moment stehen, als ich Gitarrenklänge vernehme. Im nächsten Moment beginnt es zu rasen, denn Dixies Bandkollegen betreten von links die Bühne: Schlagzeuger, Keyboarder, zwei Gitarristen. Sie beziehen Position und beginnen, ihren neuesten großen Hit zu spielen. Den Gesang übernimmt dabei das Publikum. Doch nicht nur meine Ungeduld wächst, nach Dixie wird gerufen und plötzlich erklingt aus dem Off ihre Stimme – tief und rau. Sie passt auf den ersten Blick nicht zu der schmal gebauten Sängerin.

Gänsehaut breitet sich auf meinen Armen aus, ich halte meinen Atem an, denn gleich werde ich Dixie wiedersehen. Als sie die Bühne betritt, wird sie von ohrenbetäubendem Applaus begleitet. Ich kann meinen Blick nicht von ihr nehmen, wünschte jedoch, dass ich der Einzige im Saal wäre und sie nur für mich singen würde. Ich könnte ihr die ganze Nacht zuhören.

Sam schwingt neben mir ihre Hüften zur Musik, Alex singt mehr schlecht als recht die Refrains mit, ich bin hingegen wie paralysiert – oder wirklich bis über beide Ohren verliebt, denn ich kann meinen Blick nicht von Dixie nehmen.

Als das Konzert endet, Dixie sich mit der Band ein letztes Mal verbeugt und Luftküsschen ins Publikum geworfen hat, will ich keine Sekunde länger warten, um in den Backstagebereich zu kommen. VIP-Pässe habe ich für uns alle besorgt.

»Sollen wir auf dich warten oder kommst du nach?«, fragt Alex, der offenbar keine Lust hat, mich zu begleiten, und auch Rowan und Sam drängen bereits aus dem Saal.

»Ich komme nach.«

»Bis später!«, sagt Sam. »Tu nichts, was wir nicht auch tun würden!« Sie verabschiedet sich von mir mit einem Wangenkuss. »Aber schalte bitte dein Handy wieder ein.« Und damit erinnert sie mich auch gleich wieder daran, dass ich mich nicht kopflos verhalten sollte.

Sobald meine Freunde weg sind, schlage ich den Weg zur Bühne ein und zeige dort meinen Ausweis. Ohne Probleme lassen mich die

Aufpasser in den Backstagebereich. Hier wimmelt es von Sicherheitsmännern und Fans, die ebenfalls einen VIP-Pass besitzen. Ich folge einem schmucklosen Gang zu einem Aufenthaltsraum, der geschätzt zweihundert Quadratmeter misst und mit mehreren Sofas und sogar einer Bar ausgestattet ist. An der gegenüberliegenden Wand hängt ein übergroßes Banner mit Dixies geschwungenem Schriftzug darauf. Eine Schlange junger Frauen drängt sich davor. Ich vermute, sie sind alle hier, um mit Dixie und der Band Selfies zu schießen und ein Autogramm zu ergattern.

Von ihr und ihren Bandkollegen fehlt aber jede Spur. Etwas ratlos sehe ich mich weiter um. Einige Türen gehen vom Gang, durch den ich gekommen bin, ab. Ich kann nicht erkennen, dass eine davon ihre Garderobe ist. Plötzlich wird die Tür aufgerissen, die von mir aus am weitesten entfernt ist, und Dixie erscheint in einem roten Trägerkleid, das sich an ihre sündigen Kurven schmiegt. Der Beinschlitz, der ihr fast bis zu den Hüften reicht, sorgt dafür, dass es in meiner Hose auf einmal sehr eng wird. Eine kleine Menschentraube begleitet sie in den Fanbereich, sie lacht, wirft ihre Lockenpracht über die Schultern. Als sich unsere Blicke verhaken, bilde ich mir ein, Erkenntnis in ihren Augen aufblitzen zu sehen. Sie öffnet ihren Mund einen Spalt und mustert mich dabei von oben bis unten, bevor sie mir zulächelt und sich abwendet.

Sie ist allein, ihre Band hat wohl keine Lust auf ein Fantreffen. Es ist mir egal, ich warte auf Dixie. Die nächste Stunde stehe ich an die Wand gelehnt, beobachte sie, wie sie sich um ihre Fans kümmert. Sie stimmt sogar einen Song a cappella an und lässt sich dafür feiern. Doch immer wieder fällt ihr Blick auf mich. Und endlich höre ich sie sagen: »Ich danke euch vielmals, dass ihr alle gekommen seid. Bis bald!« Sie erhebt sich, winkt und wirft wieder Luftküsse, während sie den Weg zu mir einschlägt. Dicht vor mir bleibt sie stehen. Ihr Parfüm kitzelt in meiner Nase: Moschus, es passt zu ihr. Dank ihrer hohen Schuhe reicht sie mir bis zum Kinn. Sie ist so schmal, wirkt fast schon zerbrechlich. Ich will sie beschützen, mich um sie kümmern und vor allem will ich sie endlich küssen und mich in ihrem Geschmack komplett verlieren. Sie ist die Eine, ich bin mir sicher. Während diese Gedanken durch mich schießen, starren wir uns an. Die Luft um uns herum beginnt zu knistern. Dixies Atmung beschleunigt sich, sie sieht mir abwechselnd auf den Mund und in die Augen. Auf einmal leckt sie sich über ihre Lippen und ich werde hart.

»Ich hätte dich nicht als einen geduldigen

Mann eingestuft.« Ihre Stimme klingt rauer als gerade noch. Sie ist ebenfalls erregt.

»Ich habe meine Momente«, spiele ich mit. »Bist du jetzt fertig?«

»Vielleicht. Was geht es dich an?« Ein koketter Augenaufschlag, der mich schief grinsen lässt.

»Ich plane, den restlichen Abend mit dir zu verbringen.« Ohne eine Antwort abzuwarten, drehe ich mich um und schlage den Weg zum Ausgang ein. Nach ein paar Schritten rufe ich über meine Schulter: »Kommst du jetzt?« Sie könnte mir auch eine Abfuhr erteilen, aber ich bin mir sicher, dass sie es nicht tun wird. Sie überrascht mich, indem sie auflacht, bevor sie sich zu mir gesellt und meine ausgestreckte Hand ergreift.

»Was hast du geplant?«

»Lass dich überraschen. Aber ich verspreche dir, du wirst diese Nacht nie mehr vergessen.«

»So große Töne? Dann bin ich mal gespannt.« Am Ende kann ich nicht sagen, wer wen zuerst geküsst hat, doch dass diese Nacht der Anfang von etwas ganz Großem war …

# Kapitel 1

HANNAH

*Oktober fünf Jahre später*

Heute ist Freitag, der Dreizehnte und mein Glückstag, denn ich bin in Chicago. Hier fange ich meinen neuen Job bei der Harris-Gruppe an. Ich kann meine Aufregung kaum im Zaum halten. Nach meiner Landung aus San Antonio bin ich auf direktestem Weg nach Downtown zum größten und ältesten Hotel, dem Aushängeschild der Harris-Gruppe, gefahren. Statt jedoch hineinzugehen – denn großzügigerweise darf ich auch hier wohnen, bis meine Sachen per Lastwagen nachkommen – stehe ich vor dem prächtigen Eingang aus Holz und Glas.

Fünfundzwanzig Stockwerke, vier Flügel und über tausendfünfhundert Betten. Dazu sind zwanzigtausend Quadratmeter für Restaurants, Sitzungszimmer, das Fitnesscenter und das Spa reserviert. Oh ja, ich habe mich gründlich auf meinen neuen Job vorbereitet. Genau hier, wo ich jetzt stehe, wurde vor ein paar Jahren auch das berühmte Bild der Harris-Geschwister aufgenommen. Cole Harris war damals zum neuen CEO ernannt worden, mit kaum dreißig Jahren, so alt wie ich heute. Rechts und links standen seine jüngeren Schwestern: Taylor, die Sicherheitsexpertin, Rachel, die sich um das Asset-Management kümmerte, Anne, meine Chefin und seit kurzem Deputy CEO, und Nesthäkchen Elisabeth, die Hochzeitsplanerin. Ganz schön beeindruckend.

»Miss, kann ich Ihnen helfen?« Ein livrierter Page mit freundlichen dunklen Augen sieht mich erwartungsfroh an.

»Danke, sehr nett.« Einladend hält mir ein weiterer Mitarbeiter die Tür auf, bevor mir der Page mit meinen beiden Koffern folgt. Mir bleibt kaum Zeit, die prachtvolle Lobby des über hundertjährigen Hotels zu bestaunen, deren Opulenz mich beinahe erschlägt. Die Deckenhöhe kann ich nicht mal schätzen, fünfzig Meter vielleicht? Die Säulen auf der Empore sind bestimmt zehnmal so groß wie ich, darüber wölbt sich eine Decke mit Malereien. Eigentlich mag ich modernere Hotels lieber, und die Harris-Gruppe hat davon wirklich genügend zu bieten, aber auch ich komme nicht umhin, mich gerade wie eine Königin zu fühlen, so wie damals in den neunzehnsechziger Jahren, als die Queen hier genächtigt hat.

Schmunzelnd gehe ich weiter zur Rezeption, wo ich gleich bedient werde. »Guten Morgen, mein Name ist Hannah Porter. Anne Harris hat ein Zimmer für mich reservieren lassen.«

»Miss Porter, herzlich willkommen. Zimmer dreihunderteins, dritte Etage, die Aufzüge befinden sich zu Ihrer Linken. Der Page wird Ihr Gepäck direkt hinaufbringen. Im Namen der Harris-Gruppe wünsche ich Ihnen einen angenehmen Aufenthalt.«

»Vielen Dank.«

Die Rezeptionistin reicht mir nicht nur meinen Zimmerschlüssel, sondern auch einen Briefumschlag. Was da wohl drinsteht? Von Neugierde getrieben eile ich zu den Aufzügen. Wenig später betrete ich einen Gang mit einem flauschig dicken Teppich. Mein Zimmer ist gleich das erste auf der rechten Seite, die Tür steht offen, mein Gepäck ist bereits da.

Nachdem ich dem Pagen ein Trinkgeld in die Hand gedrückt habe, verabschiedet er sich und zieht die Tür leise hinter sich ins Schloss. Noch bevor ich mich umsehe, öffne ich den Umschlag. Ein Plastikkärtchen und eine Notiz liegen darin.

*Herzlich willkommen in Chicago, liebe Hannah,*

*bitte melde Dich bei der Rezeption in unserem Bürogebäude an der 18 S. Michigan Ave, Shannon Walsh wird Dir alles zeigen.*

*Ich freue mich auf unsere Zusammenarbeit.*

*Herzlichst*
*Anne Harris*
*Deputy CEO*

Mit vor Aufregung kribbelnden Fingern lege ich die Notiz weg und sehe mich in meinem kleinen Zimmer um. Ein beigefarbener Bettüberwurf liegt auf dem Queensizebett, das einen Großteil des Raumes einnimmt. Ein winziger Schreibtisch steht vor dem einzigen Fenster. Rechts vom Eingang befindet sich ein Kleiderschrank und in der gegenüberliegenden Ecke ein Sessel mit rotem, samtenem Überzug. Die Zierkissen sind braun und über dem Bett kann ich ein modernes Bild der Chicagoer Skyline bewundern. Das Bad ist überraschenderweise sehr modern in Weiß und Schwarz gehalten und sogar mit einer Badewanne ausgestattet. Aber das Beste ist nicht mal die Sauberkeit, obwohl ich sie sehr zu schätzen weiß, sondern dass ich sogar den Lake Michigan durch das Fenster sehe. Wenn ich mich auf meine Zehen stelle und gleichzeitig meine Nase neben dem rechten Fensterrahmen platt drücke.

Ich zücke mein Handy, fotografiere das Zimmer und die Aussicht, mache noch ein Selfie auf dem Bett vor dem Bild und schicke alle drei Fotos meiner ehemaligen Chefin und Freundin Emily West.

HANNAH: Angekommen, das ist mein temporäres Zuhause: klein, aber fein . Ich vermisse dich! Telefonieren wir bald?

Kaum abgeschickt, klingelt mein Handy. Aber es ist nicht Emily, die mich anruft, sondern Anne Harris, meine neue Chefin. Ich habe ihre Nummer bereits nach der Jobzusage in meinem Handy abgespeichert.

»Hallo, Hannah Porter am Apparat.«

»Hannah, hier spricht Anne Harris. Nimmst du

dein Handy immer so formell ab?« Ihr belustigter Ton ist nicht zu überhören.

»Nein, ist mir so rausgerutscht. Alte Gewohnheiten sterben langsam«, erkläre ich mich sofort und streiche mir nervös über meine Haare. Jahrelang war ich Direktionsassistentin, in meinem neuen Job betreibe ich Recherche.

»Willkommen in Chicago, ich hoffe, deine Anreise war angenehm.«

»Ja, danke. Auch für das Zimmer im Hotel.«

»Natürlich, das ist das Mindeste, was ich tun konnte, so rasch wie du von San Antonio nach Chicago gezogen bist. Ich wollte dir noch kurz Bescheid geben, dass dein Laptop, Tablet und dein Firmenhandy im Büro liegen. Ich bin leider noch unterwegs, schätzungsweise Mitte nächster Woche erst in Chicago. Somit wendest du dich bei dringenden inhaltlichen Fragen bitte direkt an Cole, er kann dich in meiner Abwesenheit genauso gut unterstützen. Seine Assistentin wird dich einweisen. Dein Team ist leider noch nicht komplett, aber ich habe zwei Mitarbeiter rekrutieren können, die dich mit einfachen Arbeiten unterstützen können.«

»Also sind wir im Moment nur zu dritt?«

»Genau, nur du Vollzeit und zwei Mitarbeiter aus der Marketingabteilung. Ich hoffe, noch mindestens zwei, wenn nicht drei Manager aus verschiedenen Regionen begeistern zu können, mitzumachen. Ich will die *Harris Boutiquehotels* weiter vorantreiben.«

»Ich bin überzeugt von dem Projekt, also wenn ich irgendwie sonst noch helfen kann, gib mir bitte Bescheid.«

»Danke, ich weiß deine Unterstützung und auch deinen Enthusiasmus zu schätzen. Wir sehen uns nächste Woche.«

»Bis nächste Woche.«

Nachdem wir aufgelegt haben, starre ich noch eine Weile auf das dunkle Display und versuche tief durchzuatmen. Cole ist der CEO und eigentlich dachte ich, er hätte gar keine Zeit, sich mit mir zu befassen. Oder noch besser, ich hatte gehofft, ihm aus dem Weg gehen zu können. Falsch gedacht. Mein Puls beschleunigt sich, noch bevor ich das Foto der Harris-Geschwister vor dem Hotel aufgerufen habe.

Sie sind alle hochgewachsen, die Schwestern blond mit strahlend blauen Augen. Cole hat viel dunkleres Haar, doch die gleichen hellen Augen, und ich habe jedes Mal, wenn wir uns begegnen, das Gefühl, dass er direkt in meine Seele blicken könnte. Wir sind uns bereits einige Male über den Weg gelaufen. In San Antonio, denn eigentlich wollten Anne und er meine Chefin Emily und ihren Partner Chase King einstellen. Beide haben abgelehnt, aber ich war sofort Feuer und Flamme, als ich von Annes Projekt gehört habe. Sie möchte Boutiquehotels unter dem Schirm der Harris-Gruppe zusammenbringen und die Gastfreundschaft, die in ihren Hotels großgeschrieben wird, auf kleinere und noch familiärere Hotels übertragen. Ein Herzensprojekt, das mich sofort angesprochen hat, denn ich habe eine Schwäche für Boutiquehotels.

Zudem steht die Harris-Gruppe für alles, was mir ebenfalls wichtig ist: Tradition, Familie, Loyalität. Und so habe ich mich beworben und bin jetzt in Chicago. Das Problem ist nur, dass mir Cole Harris viel zu gut gefällt. Er ist unglaublich attraktiv mit hohen Wangenknochen, einem sportlichen Körper, den seine maßgeschneiderten Anzüge besonders gut zur Geltung bringen, und einem scharfen Verstand. Doch was mein Herz sofort zum Schmelzen gebracht hat, war, ihn mit seinen Zwillingen Lilly und Lucas zu sehen. Sie sind Wirbelwinde mit dunklen Locken, hellen Augen und dieser typisch kindlichen Direktheit, die mich öfter sprachlos zurücklässt. Aber sie sind auch unglaublich herzlich und höflich, und das haben sie wohl Cole zu verdanken, denn er erzieht sie allein. Offenbar gibt es keine Mutter und auch keine Informationen, wer sie sein könnte. Mein Respekt für ihn ist somit nochmals gestiegen und genauso mein Drang, mich zu beweisen.

Mein Handy brummt, eine Nachricht von Emily ist eingetroffen.

EMILY: Wir vermissen dich ebenso!

Auch sie hat ein Bild geschickt mit ihr, Chase und mir vor dem *King & West Hotel* in San Antonio. Wir strahlen um die Wette. Es wurde am Tag der Hoteleröffnung aufgenommen. Ich habe wenige Tage später gekündigt.

HANNAH: Das ist nicht fair! Ich bin gerade mal gefühlt zehn Minuten in Chicago. Es gefällt mir sehr.

EMILY: Das freut mich. Das Bild ist nur eine kleine Erinnerung, dass du jederzeit einen Platz bei uns hast. Wir telefonieren bald. Pass auf dich auf!

Sie schickt Küsse und ich antworte mit unzähligen Herzen. Ich bin Emily sehr dankbar, dass sie die Tür ganz weit offenlässt, nur brauche ich kein Sicherheitsnetz. Und jetzt wird es Zeit, meinen neuen Arbeitsplatz zu besuchen. Meine Gedanken an den sexy CEO versuche ich, so gut es geht, zu unterbinden.

# COLE

»Eine Hochzeit in der Woche von Thanksgiving? Bist du sicher, dass du dir das antun willst, und überhaupt, wie rasch kannst du alles organisieren?«, frage ich Liz und mustere sie dabei ganz genau. Dieses Gespräch hätte ich gerne von Angesicht zu Angesicht geführt, eine Videokonferenz ist völlig ungeeignet. Denn meine Schwester wirkt doch bedrückt, oder bilde ich mir das ein? Ihr Arbeitspensum nimmt jedenfalls ungesunde Ausmaße an.

»Natürlich wird es funktionieren. Ich habe schon längst mit der Organisation angefangen. Das Privathaus ist riesig, die Gesellschaft exklusiv und auf hundert Gäste begrenzt. Nur ein Teil übernachtet vor Ort, alle anderen haben Zimmer im *Harris Seaside* und *Harris Harbor Resort* in der Nähe«, erklärt mir Liz strahlend. »Maine ist um diese Jahreszeit traumhaft«, ergänzt sie sehnsüchtig. »Taylor kümmert sich um die Sicherheit. Sie wird die Straße abriegeln, um die Gäste vor Paparazzi zu schützen.«

»Taylor? Sie ist doch nicht die verdammte Polizei«, werfe ich ein. Außerdem ist Taylor für die

Sicherheit in unseren Hotels zuständig und nicht in Privathäusern. Jetzt beschleicht mich erst recht das Gefühl, dass mir meine kleine Schwester etwas verschweigt. Aber Liz lächelt und kommentiert es nicht.

»Ihr seid also beide an Thanksgiving weg«, folgere ich und dieser Teil gefällt mir am allerwenigsten.

»Ja, tut mir leid. An Halloween bin ich aber da, versprochen. Lillys und Lucas' großen Geburtstag werde ich natürlich nicht verpassen. Hast du denn schon alles dafür organisiert?« Liz' auffordernden Blick ignoriere ich.

»Ich habe alles im Griff. Mein Ein-Uhr-Termin ist gleich da, ich muss los.« Um die Dringlichkeit zu unterstreichen, räume ich meine Unterlagen zusammen. Liz geht es nicht nur um den Kindergeburtstag an Halloween, sondern auch darum, ob ich inzwischen eine Nanny für die Abende eingestellt habe oder mich auch weiterhin vierteilen werde. Denn auch Hilfe im Management der Hotelgruppe könnte ich dringend gebrauchen. Nur bis jetzt habe ich niemand Geeignetes gefunden, geschweige denn meine Geschwister eingeweiht. Oder meinen Dad. Der Geschmack des Versagens legt sich bitter auf meine Zunge. Ich lasse mir nichts anmerken. »Wir sprechen uns später.«

»Bis dann, grüß die Kids von mir.«

»Mache ich.«

Als wir aufgelegt haben, schließe ich einen Moment die Augen. Nach ein paar tiefen Atemzügen lässt die Anspannung nach. Sie verfliegt ganz, als ich auf das Foto auf meinem Schreibtisch blicke. Lilly und Lucas sind darauf erst drei und machen Faxen, während ich versuche, ein Selfie zu schießen. Ich liebe das Foto. Nachdenklich fahre ich ihre Gesichtskonturen nach. Alles in mir sträubt sich dagegen, mir weitere Hilfe zu holen. Die Tagesmutter sollte doch reichen, die restliche Zeit will ich selbst mit meinen Kindern verbringen. Meine eigene Familie zu haben, war schon immer einer meiner größten Träume. Dass es mit der Mutter nicht geklappt hat, ist bedauerlich.

*Bedauerlich …* Es ist viel mehr als das. Aber ich will nicht über Dixie nachdenken und was hätte sein können. Und jetzt fällt auch noch meine Wunschvorstellung von Thanksgiving ins Wasser. Denn meine Schwester Rachel lebt inzwischen mit ihrem Verlobten in San Antonio, Anne genauso, obwohl sie immer wieder nach Chicago pendelt. Liz ist nach Philadelphia gezogen, als ihr bester Freund das NHL-Team gewechselt hat. Und unsere Eltern sind wieder auf Weltreise. Und mit der Hochzeit in Maine kann ich Liz und Taylor definitiv für Thanksgiving wie alle anderen abschreiben. Enttäuscht lege ich das Foto weg und massiere stattdessen meinen Nacken, der sich wie immer viel zu verspannt anfühlt. Ich muss mir etwas einfallen lassen, notfalls fliege ich mit den Kindern nach Texas. Wenn meine Familie nicht zu uns kommt, dann muss ich eben zu ihr. Na also, Problem gelöst.

Zufrieden stehe ich auf, knöpfe mein Jackett zu und durchquere mein Büro in großen Schritten. Zwei erstaunte Gesichter sehen auf, als ich das Empfangszimmer betrete. Meine Assistentin quittiert mein ungestümes Verhalten mit einem gutmütigen Lächeln. Shannon arbeitet bereits viele Jahre für die Harris-Gruppe. Sie ist perfekt für den Job, zuverlässig und diskret. Ihr Mann ist beruflich viel unterwegs und ihre drei Söhne erwachsen und ausgezogen. Ich verlange kaum Überstunden oder dass mich Shannon auf meinen Reisen begleitet. Wenn es dennoch mal nötig ist, stellt sie nie viele Fragen.

Bei Hannah, die neben Shannon steht, ist es hingegen gar nicht leicht, meine Professionalität aufrecht zu erhalten. Ich hätte sie nie eingestellt, und das liegt ganz sicher nicht an ihrer Qualifikation, sondern daran, dass sie mir viel zu gut gefällt. Dabei kann ich nicht einmal konkret erklären, woran es genau liegt, denn wir haben bis jetzt kaum ein paar Worte gewechselt. Und obwohl sie hübsch ist, mit großen braunen Augen, einem kecken dunklen Bob und auch heute in einen makellosen blauen Hosenanzug gekleidet, der ihre Kurven betont, wüsste ich unzählige Frauen, die besser zu mir passen würden.

Doch diese Frage stellt sich gar nicht, denn ich suche keine Frau und schon gar keine Affäre im Büro. Somit ist Hannah Porter tabu.

»Miss Porters Arbeitsplatz ist noch nicht bereit. Ihr Büromaterial wurde hierhergeschickt.«

»Gut. Danke, Shannon. Miss Porter, bitte.« Ich zeige einladend auf meine Bürotür.

»Vielen Dank, ich freue mich sehr, ein Teil der Harris-Gruppe zu sein.« Ein professionelles Lächeln ziert Hannahs rote Lippen, als sie hinter Shannons Schreibtisch hervortritt und mir ihre Hand zum Gruß hinstreckt. Ihr Händedruck ist fest, das Lächeln erreicht ihre Augen, sie ist aufrichtig, was mir sehr gefällt. Dass meine Haut von ihrer Berührung kribbelt, beachte ich jedoch nicht weiter.

»Setzen Sie sich«, weise ich sie an, als wir in meinem Büro angekommen sind. »Möchten Sie etwas trinken?« Ohne eine Antwort abzuwarten, gehe ich zu meiner Kaffeeecke weiter, um uns zwei kleine Flaschen Wasser zu holen.

»Ja, danke.« Hannah steht staunend in meinem Büro. Es ist das größte auf dem Stockwerk.

Obwohl auch alle meine Schwestern, sogar Rachel, die gar nicht mehr für mich arbeitet, eigene Büros haben, sind diese kleiner und selten benutzt. Ich wohne praktisch hier, wenn ich nicht zu Hause bin. Darum auch die Couch, ein kleines separates Bad mit Dusche und ein winziges Ankleidezimmer. Hannahs Blick schwenkt zu der Wand über der Couch, an der ein paar Fotos von Lilly und Lucas hängen. Für jedes Jahr habe ich zwei aufgehängt. Angefangen mit Abdrucken ihrer Babyfüße und Hände bis zu den neuesten Bildern aus dem Urlaub mit meiner Schwester und ihrem Verlobten: in einem Footballstadion, komplett in Fan-Kluft.

»Danke, aber das kann ich machen.« Hannah scheint wieder bei mir zu sein. Und statt sich zu setzen, kommt sie mir bereits entgegen, um mir die Getränke abzunehmen.

»Sie sind keine Assistentin mehr, also verhalten Sie sich nicht wie eine«, rutscht mir heraus.

Abrupt bleibt Hannah stehen. Ihre Wangen röten sich und sie beißt sich auf die Unterlippe. Doch offenbar nicht, weil es ihr peinlich ist, sondern weil sie sich einen Kommentar verkneifen muss, denn ihre dunklen Augen funkeln mich gleichzeitig an. Wird sie mir am ersten Tag bereits ihre Kündigung vor die Füße werfen?

»Wenn das so ist, hätte ich gerne einen Kaffee

mit Milch bitte.« Fast unmerklich reckt sie ihr Kinn und strafft ihre Schultern. Ihre Reaktion gefällt mir, sie gefällt mir.

»Die Maschine ist aus Italien, es hat mich nur eine Woche gekostet zu verstehen, wie sie funktioniert. Nicht schlecht, oder?«, erkläre ich selbstironisch und auch versöhnlich.

Sie kommt näher. »Ich bin gespannt.«

Ich stelle das Wasser zurück auf die Küchenanrichte und starte die Maschine. Sie ist viel zu kompliziert, bereits das Kaffeepulver mit dem Stempel korrekt anzudrücken, ist eine Kunst, dazu noch die richtige Temperatur einzustellen … Eigentlich habe ich Besseres zu tun, hätte die Maschine gleich wieder zurückschicken sollen. Aber jetzt bin ich froh, noch etwas Zeit zu schinden, um mich zu beruhigen. Hannah so nah neben mir zu spüren, lässt meine Haut wieder kribbeln. Der Drang, sie zu berühren, nimmt zu. Stattdessen konzentriere ich mich auf meine Aufgabe, einen trinkbaren Kaffee herzustellen. Die Bohnen riechen zu stark, als dass ich ausmachen könnte, ob Hannah ein Parfüm aufgetragen hat. Frisch und fruchtig würde zu ihr passen, auf jeden Fall ist es dezent, denn auch als wir uns begrüßt haben, habe ich nichts gerochen. Ich würde es herausfinden, wenn ich sie am seitlichen Hals küssen würde.

Bestimmt ist sie dort empfindlich und würde somit die süßesten Töne von sich geben.

Leise räuspere ich mich, als ob ich meine unangebrachten Gedanken damit verstummen lassen könnte. Als Hannahs Kaffee fertig ist, hole ich die Milch aus dem Kühlschrank und reiche ihr im Anschluss die Tasse. Dabei ignoriere ich jegliche körperliche Reaktion meinerseits, als sich unsere Fingerspitzen streifen, und folge Hannah stattdessen mit den beiden Wasserflaschen zum Sitzungstisch. Im Anschluss hole ich meinen Laptop und nehme neben ihr Platz, damit wir beide auf den Bildschirm sehen können. Inzwischen sitzt auch mein Pokerface bombenfest. Ich will nichts von Hannah, außer dass sie ihren Job kompetent verrichtet, rufe ich mir nochmals ins Gedächtnis.

»Der Kaffee schmeckt ausgezeichnet, danke.« Lächelnd nippt sie an ihrer Tasse.

»Gern geschehen.« Das Hotelportfolio, das ich aufrufe, hat Anne zusammengestellt und bereits in San Antonio vorgestellt. Dennoch kann eine kleine Auffrischung nicht schaden. »Nach wie vor konzentrieren wir uns vorerst auf die Nord-Ostküste: Maine, New Hampshire, Vermont und Massachusetts. Mittlerweile hat Anne über dreißig potenzielle Partnerhotels ausgesucht. Ich bin immer noch nur an den Top fünf davon interessiert.«

»Muss ich bei der Auswahl eine gleichmäßige Verteilung berücksichtigen oder habe ich dabei frei Hand? Also wenn ich zum Beispiel drei Hotels in Maine als passend einstufe, wäre das in Ordnung?«

»Sie müssten außergewöhnlich sein, wenn wir uns hauptsächlich auf einen Bundesstaat konzentrieren. Ich schlage vor, Sie verkleinern die Liste in einem ersten Schritt auf zehn Hotels und wir sehen dann weiter.«

»Kann ich die Liste auch noch ergänzen oder ist sie ›vollständig‹?« Hannah hat nur kurz über die Liste gesehen, doch ihre Augen leuchten, und ich wüsste gerne wieso.

»Sie können sie noch ergänzen, aber wie gesagt, am Ende müssen wir uns trotzdem entscheiden. Und mit Ende meine ich in den nächsten zwei Wochen.«

»Zwei?!« Sie schluckt und fragt dann: »Darf ich Ihnen kurz etwas zeigen?«

Ich schiebe ihr den Laptop zu, im nächsten Augenblick fliegen Hannahs Finger über die Tasten. Offenbar findet sie, was sie sucht, denn ihr Lächeln ist zurück. »Hier, was halten Sie von diesem Objekt?« Sie dreht den Laptop zu mir zurück.

»Die mit Kürbissen, Fledermäusen und Spinnennetzen geschmückte Veranda überzeugt mich vollends.« Ich kann mir ein Grinsen nicht verkneifen, obwohl das Hotel absolut zu unseren Vorstellungen passt. Es ist nicht besonders groß, ich schätze fünfundzwanzig Zimmer.

»Nun ja, Halloween steht vor der Tür. Aber das Beste haben Sie noch nicht gesehen.« Sie klickt auf die Bilder von privaten Häuschen auf dem Grundstück.

Halloween … Ich habe noch immer kein Kostüm, doch das ist mein geringstes Problem. Meine Kinder werden an Halloween fünf, bald werden sie nach ihrer Mutter fragen, und was ich dann sagen soll, steht in den Sternen.

»Ist das nicht perfekt für ein Hochzeitspärchen?«, fährt Hannah entzückt fort.

Bevor mich unliebsame Erinnerungen einholen, stehe ich auf und gehe zu meinem Schreibtisch. Ich würde gerne viel weiter weglaufen, aber natürlich beherrsche ich mich.

»Gut, ergänzen Sie die Liste, am Ende werde ich mich entscheiden.« Mein Tonfall ist kühl, ich werfe Hannah quasi aus meinem Zimmer. Es ist nicht ihre Schuld, dass ich so aufgewühlt bin.

»Anne meinte, ich soll mich an Sie wenden, wenn ich dringende Fragen habe.«

»Solange sie unterwegs ist. Ich will jeden Freitag ein Update.«

»Gut. Dann bis nächste Woche.«

»Willkommen bei der Harris-Gruppe.«

»Danke.« Hannah verabschiedet sich.

Als sie die Tür hinter sich zuzieht, beschließe ich, zum Gym um die Ecke zu fahren, mich auszupowern und danach von zu Hause aus zu arbeiten. So unkonzentriert, wie ich jetzt bin, werde ich mich ansonsten nur noch mehr zum Narren machen. Aber das werde ich nicht zulassen, meine Arbeit ist mir neben meinen Kindern das Wichtigste. Für etwas anderes habe ich nicht mal Zeit oder Platz, wenn ich es wollte. Und somit ist es auch egal, dass Hannah Porter für mich arbeitet.

# Kapitel 2

## COLE

Eine Woche später bespreche ich mit Liz die letzten Monate des Jahres abermals per Videokonferenz.

»Mein Kalender ist bis Weihnachten voll, ich versuche aber die Feiertage in Chicago zu verbringen«, erklärt sie mir.

»Um Thanksgiving wiedergutzumachen?«, ziehe ich sie auf, öffne meine Schublade und greife automatisch nach den Schmerztabletten. Heute kann ich kaum klar denken.

»Tut mir leid, ich konnte die Hochzeit nicht absagen. Das Paar erneuert ihr Eheversprechen nach dreißig Jahren. Das ist so romantisch.«

»Ja, schon gut.« Mit einem großen Schluck Wasser spüle ich gleich zwei Tabletten herunter.

»Geht es dir gut?«

»Natürlich, alles bestens. Sind wir durch?«

Viel zu nachdenklich betrachtet mich Liz. »Hast du ein Kostüm für Halloween besorgt?«, schwenkt sie auf ein privates Thema.

»Nein, noch nicht.« Innerlich seufze ich.

»Warum nicht? Du hast nicht mehr viel Zeit.«

»Ja, das weiß ich. Ich bin nicht dazu gekommen.« Das Pochen hinter meiner Stirn wird immer stärker.

»Taylor und Rachel haben ihres bereits«, lässt Liz nicht locker.

»Schön für sie.« Rachel hat Lillys und Lucas' Kostüm bereits im Frühjahr zu nähen begonnen. Um mich weichzuklopfen. Mein Versprechen steht, dieses Jahr werde ich verkleidet mit Lilly und Lucas an Halloween um die Häuser ziehen. Es ist ihr Geburtstag und ihr sehnlichster Wunsch. Mein Magen verkrampft sich, als ich daran denke, was dabei alles passieren könnte. Äußerlich lasse ich mir nichts anmerken.

»Ich reise schon etwas früher an«, erwähnt Liz plötzlich.

»Warum?«

»Um dich zu unterstützen natürlich. Ich komme am Montag, dem dreißigsten, dann kann ich dir helfen, das Haus zu schmücken. Und ich bringe ein paar Kostüme mit. Keine Ahnung, ob sie dir gefallen oder passen werden, aber wenn du sonst nichts findest …« Den unschuldigen Blick kaufe ich ihr nicht eine Sekunde ab.

»Untersteh dich! Müssen wir wirklich das Haus schmücken? Bei uns wird niemand klingeln.«

»Ja, das müssen wir! Außerdem Kürbisse ausstechen und Kekse backen, das Übliche halt. Kümmert sich Maria so wie immer um die Geburtstagstorte?«

»Ja, so wie immer.« Die Kinder werden auf jeden Fall ihre helle Freude haben. »Ich muss los.«

»Ein Kostüm besorgen?«

»Ja, bis dann.« Als wir aufgelegt haben, öffne ich meine Schreibtischschublade und greife nach den Schmerztabletten. Nein, ich habe gerade erst welche genommen, oder? Dann eben mehr Wasser. Nachdem ich zwei Gläser getrunken habe, lege mich für ein paar Minuten auf die Couch. Zum Glück werden die Kopfschmerzen von Minute zu Minute besser, denn ich habe gar keine Zeit für eine Pause. Ich warte noch einen Moment, bevor ich mich zurück an meinen Schreibtisch setze.

Gespannt rufe ich auf meinem Computer Hannahs Bericht auf und merke auf den ersten Blick, dass sich das Projekt in die komplett falsche Richtung bewegt. Die Liste mit den potenziellen

Kandidaten für die Boutiquehotels ist auf über fünfzig angewachsen. Ihren Enthusiasmus in allen Ehren, aber so geht das nicht. Oder denkt sie wirklich, dass ihre Auswahl besser ist als unsere? Auf die beigefügten Links klicke ich nicht, dafür habe ich keine Zeit, doch Hannah hat zu jedem Hotel ein Foto des Haupthauses mit Umgebung beigelegt. In einer Tabelle kann ich zudem rasch nachlesen, warum sie überhaupt in die engere Wahl gekommen sind. Was mir besonders gefällt, ist eine Zusammenfassung der Gästebewertungen. Vor allem in New Hampshire und Maine ist die Liste angewachsen, unweigerlich frage ich mich, ob sie dort schon privat unterwegs war und vor allem mit wem. Mit ihrem Freund? Es geht mich nichts an, und da ich während der ganzen Woche keinen Gedanken an Miss Porter verschwendet habe, ist klar, dass ich mir unsere Anziehung nur eingebildet habe. Ich war aufgewühlt, nicht mehr und nicht weniger.

Ich schließe das Dokument, schalte meinen Laptop ab und verlasse mein Büro, um Hannah zu sprechen. »Shannon, wo sitzt Miss Porter?«, frage ich meine Assistentin.

»Im dritten Stock.«

Beim Kundendienst? Nun gut, offenbar gab es keinen anderen freien Platz.

Im dritten Stock angekommen, ist der

Geräuschpegel hoch. Die Telefone stehen nicht still. Mein Dad hat mir schon längst geraten, den Kundendienst an einen externen Dienstleister abzugeben. Nur habe ich die Bewertungen der Konkurrenz gesehen, nachdem sie genau das gemacht haben. Die Kundenzufriedenheit ist in den Keller gesunken und viele haben sogar die Treueprogramme der Hotels gekündigt. Das soll uns ganz sicher nicht passieren.

Suchend schreite ich durch die Reihen, ohne auf die fragenden Blicke der Mitarbeiter zu reagieren. Da, Hannah sitzt mit Kopfhörern in einer Ecke, arbeitet konzentriert auf ihrem Laptop. Als ich nähertrete, erkenne ich, dass sie auf dem Tablet Notizen macht. Sie ist allein. Ich dachte, Anne hätte zwei Juniors von der Marketingabteilung abberufen, Hannah zu helfen. Seltsam.

Stirnrunzelnd stelle ich mich vor Hannahs Tisch. Es dauert einen Moment, bis sie aufblickt. Sie lächelt und auch heute erreicht es ihre Augen. Dennoch bin ich nicht sicher, ob es mir gilt oder nicht einfach ein Reflex war. Denn im nächsten Moment setzt Hannah eine professionell distanzierte Miene auf.

Ich zeige ihr an, dass sie die Kopfhörer abnehmen soll. »Packen Sie Ihre Sachen und kommen Sie mit.«

»Jetzt gleich? Ich meine, natürlich.« Sie klappt

ihren Laptop zu, nimmt ihr Tablet und sieht mich abwartend an. »Auch die persönlichen Dinge«, ergänze ich, während ich ihr das Büromaterial aus der Hand nehme. Verdutzt hält sie inne. Ich will mich hier nicht erklären, dafür ist mir die Geräuschkulisse zu hoch. Die Verunsicherung ist Hannah deutlich ins Gesicht geschrieben. Denkt sie, ich will sie vor die Tür setzen? Dennoch nimmt sie ihre Tasche und ihren Mantel und folgt mir. Als ich am Fahrstuhl den Knopf drücke, um nach oben zu fahren, entspannen sich ihre Schultern.

»Sie hätten mir sagen müssen, dass Sie so nicht arbeiten können«, weise ich sie barsch an, als wir allein im Fahrstuhl sind.

»Ich kann überall arbeiten. Lärmdämpfende Kopfhörer, ein Genie hat sie erfunden«, erwidert sie unbekümmert.

»Wo sind Ihre Kollegen?« Wir sind im oberen Stock angekommen, ich führe Hannah direkt zu Rachels altem Büro, das neben meinem liegt und unbenutzt ist.

Unsicher bleibt Hannah im Zimmer stehen, ihr Blick fällt auf den hölzernen Arbeitstisch, den ich jetzt umrunde. Ihre Aussicht ist genau dieselbe wie meine: Grant Park und Lake Michigan. Auch in Rachels Büro gibt es einen Sitzungstisch und eine Kaffeeecke, doch weder ein Sofa noch ein Bad mit

Ankleidezimmer. Rachels Kaffeeautomat ist ebenfalls eine simplere Variante.

»Ich habe sie zurück in ihre Abteilungen geschickt«, beantwortet Hannah meine Frage. »Sie kennen ihre Aufgaben, von daher müssen wir nicht zusammen sitzen. Anne war sehr klar darin, was sie von uns erwartet.« Hannah tritt näher, betrachtet mit gerunzelter Stirn, wie ich ihren Laptop mit der externen Tastatur verbinde und ihn auch am Großbildschirm anschließe.

»Welcher Teil von Ihrem Bericht war denn von Ihren Kollegen?«

»Sie durchforsten das Internet nach Profitabilitätsangaben der Hotels. Diesen Teil werde ich noch genauer ansehen müssen, um keine bösen Überraschungen zu erleben. Er steht noch nicht im Bericht.«

»Gut.«

»Haben Sie die Absicht, die Hotels zu kaufen oder nur eine Zusammenarbeit anzubieten? Das habe ich noch nicht ganz verstanden.«

»Ich habe mich noch nicht entschieden.« Der Laptop ist angeschlossen, na bitte. »Hier haben Sie Ihre Ruhe. Ich muss jetzt leider weiter. Wir sehen uns.« Rowan wartet im Gym auf mich. Meine Kopfschmerzen melden sich zwar wieder, aber abgemacht ist abgemacht. Außerdem bin ich nie krank, somit werde ich mein Treffen ganz sicher nicht absagen. Wir sehen uns sowieso schon viel zu selten.

»Moment, habe ich richtig verstanden, dass ich jetzt hier arbeiten soll?«, fragt mich Hannah, als ich schon halb zur Tür raus bin.

»Genau.«

»Oh, dann gebe ich besser Valerie und Ari Bescheid«, bemerkt sie und setzt sich an den Schreibtisch.

»Tun Sie das. Bis später.« Einen Moment betrachte ich sie noch. Sie scheint vom Büro nicht besonders beeindruckt zu sein. Warum nicht? Ich habe keine Zeit, darüber nachzudenken. Stattdessen hole ich meine Sporttasche, gehe ins Gym und dort, nachdem ich mich umgezogen habe, direkt zum Laufband.

Die zehn Minuten zu Fuß von meinem Büro hierher haben mich komplett durchgefroren. Es ist erst Oktober, aber der Wind fühlt sich eiskalt an. Meine Zähne klappern, wenn ich Zeit hätte, würde ich mich später in die Sauna setzen. Besser, ich wärme mich heute gründlich auf, bevor ich meinen Fünf-Meilen-Lauf starte. Bereits nach wenigen Minuten bricht mir der Schweiß aus und mein Puls rast. Dazu fühlen sich meine Beine wie Blei an. Ich verlangsame das Tempo, greife nach meiner Wasserflasche und leere sie in einem Zug.

Mir ist schwindlig, daher verlangsame ich das

Tempo weiter. Die ersten fünf Minuten sind immer die härtesten. Dass das nie für das Aufwärmen zutrifft, lasse ich außer Acht. Heute bin ich eben nicht so fit wie sonst. Kein Grund, sich aufzuregen.

»Was ist denn mit dir los?«, höre ich plötzlich neben mir.

»Du bist zu spät«, antworte ich Rowan und ignoriere somit seine Frage.

»Wenn ich dich so ansehe, bin ich gerade noch rechtzeitig gekommen.« Statt mich zu einem Wettlauf herauszufordern, drückt Rowan den Notaus-Knopf. Abrupt bleibt das Laufband stehen. Bevor ich herunterfalle, ergreift er meinen Ellbogen. Mit der anderen Hand berührt er meine Stirn. »Du glühst. Du kannst so krank doch nicht trainieren. Muss ich dir wirklich erklären, dass du deine Gesundheit riskierst, dein Herz davon …«

»Ja, schon gut. Du kannst aufhören, ich hab's verstanden, Dad.« Jetzt wankt auch noch der Boden, als ich vom Laufband steige, aber das ist ja normal, wenn ich so abrupt stoppe. Auf wackeligen Beinen setze ich mich auf die Bank am Fenster. Außer uns trainiert nur noch ein Mann an der Hantelbank, aber er interessiert sich nicht für uns.

Rowan hält mir eine frische Wasserflasche unter die Nase. »Trink! Ich rufe dir ein Uber nach Hause.«

»Es ist erst zwei Uhr, ich gehe zurück ins Büro.«

»Ganz sicher nicht.« Seufzend nippe ich an meinem Wasser. Mit Rowan zu streiten ist sinnlos, er ist so stur wie ich. Seine eisblauen Augen bohren sich in meine. Es liegt ihm noch viel mehr auf der Zunge, ich sehe es ihm an.

»Kann ich noch kurz duschen?«

»Wieso? Hast du zu Hause nicht acht Bäder?«

»Neun.« Aber ich habe nicht vor, nach Hause zu fahren.

Rowan schüttelt den Kopf und begleitet mich sogar in die Umkleide. Während er ein Uber ruft, ziehe ich mich um und knöpfe meinen Mantel bis oben hin zu. Im Büro werde ich duschen und in frische Kleidung schlüpfen. Ich schwitze so stark, dass ich mich vor mir selbst ekle, und gleichzeitig ist mir wieder kalt.

»Bis nächste Woche.« Meine Stimme krächzt, auch das noch.

»Kurier dich aus. Es ist Freitag, das Wochenende steht vor der Tür.«

»Als ob du eine Pause machen würdest.«

»Ich bin auch nicht krank.«

Und er hat auch keine Familie. Doch ich setze mich brav in das Uber, denn ich bin Rowan gleichzeitig für seine Fürsorge dankbar. Trotzdem lasse mich zum Büro zurückfahren anstatt nach Hause.

Der Fahrer ist nicht sehr glücklich darüber, doch nichts, was ich nicht mit einem saftigen Trinkgeld ausgleichen könnte. Nur meine Dusche verschiebe ich, besser ich mache mir einen Tee und weise Shannon an, die Heizung zu überprüfen, denn auch in meinem Büro ist es plötzlich viel zu kalt.

# Kapitel 3

HANNAH

Ich habe die Tür offengelassen, denn ich finde es etwas befremdlich, hier ganz allein zu sitzen. Wie im Elfenbeinturm. Shannon höre ich nur, wenn sie telefoniert, und Cole ist offenbar gar nicht da. Valerie und Ari haben mir beide geschrieben, dass sie andere wichtige Aufgaben bekommen haben. Toll, so werde ich nächste Woche ganz bestimmt keine engere Auswahl an Hotels präsentieren können.

Anne war diese Woche nicht wie geplant im Büro, somit bin ich wohl gerade zu einem Einfrauenteam geschrumpft. Nun gut, ich will mich nicht beschweren, der Job macht mir Spaß und auch privat läuft es gut, denn ich habe eine Zweizimmerwohnung eine halbe Stunde nördlich von hier gefunden. Ich kann das Büro ohne Umsteigen mit der *Red Line* erreichen. Ein Glückstreffer. Und wenn in einer Woche der Lastwagen mit meinen Sachen kommt, werde ich mich sicher auch heimischer fühlen.

»Cole, geht es Ihnen gut? Sie sehen blass aus«, höre ich Shannon, Coles Assistentin, fragen. Er ist zurück?

»Alles bestens, aber danke.« Eine Tür fällt leise ins Schloss.

Er klingt heiser, oder? Auch ohne Shannons besorgte Stimme wäre ich kurz zu ihm gegangen, um ihn zu informieren, dass ich wohl etwas in Verzug geraten werde, wenn ich den Job mehr oder weniger allein erledigen muss. Vielleicht störe ich ihn aber besser nicht. Wir sind uns nicht so vertraut, dass ich ungeniert anklopfen könnte. Wir gehen sehr formell miteinander um, im Gegensatz zu Anne und mir. Somit werde ich meiner Chefin eine kurze Nachricht schicken, und gut ist.

Also zurück an die Arbeit, ein Hotel möchte ich noch auf meine Liste nehmen. Cole oder Anne haben keine Ahnung, dass ich alle Hotels, die ich auf die Liste schreibe, vor ein paar Jahren mit meinem Ex Chris bereist habe. Fast bin ich versucht, ihm zu schreiben, aber dann lasse ich es bleiben. Da unsere Familien befreundet sind, werden wir uns wahrscheinlich sowieso zu Thanksgiving treffen, und dann kann ich ihm davon erzählen. Die Hotels sehen auf ihren Webseiten jedenfalls noch immer so bezaubernd aus wie damals. Besonders eines in Maine hat es mir angetan, es liegt auf einer Anhöhe, direkt am Wasser. Neben dem Haupthaus gibt es ebenfalls Cottages zum Mieten, und sogar ein kleiner Hafen gehört zum Anwesen. Für Hochzeitsreisende ist dieser Ort ein Traum.

Sehr zufrieden klappe ich ein paar Stunden später meinen Laptop zu und strecke mich. Jetzt erlaube ich mir, die wundervolle Aussicht von meinem Büro aus zu bewundern. Die Winter in Chicago sind berühmt-berüchtigt, aber im Moment liegt der Park vor mir in den buntesten Farben zu meinen Füßen. Ich liebe den Indian Summer, bin gar nicht mal so unglücklich darüber, Texas den Rücken gekehrt zu haben. Doch ich darf nicht vergessen, dass Chicago hart werden kann. Nicht umsonst hat die Stadt den Beinamen Windy City. Besser, ich gehe mir bald ein paar warme Wintersachen kaufen.

Etwas unsicher, ob ich den Laptop einfach hier liegen lassen soll oder lieber in einer Schublade einschließe, trete ich aus meinem Büro, um Shannon zu fragen. Sie sitzt nicht an ihrem penibel aufgeräumten Schreibtisch. Ist sie bereits gegangen? Sollte ich stattdessen Cole fragen? *Natürlich, nur keine falschen Hemmungen,* rede ich mir gut zu, gehe zu seiner Tür und klopfe.

»Herein!«

»Hi, ich will nicht lange stören«, beginne ich, als ich eingetreten bin. »Ich habe eine Frage: Soll ich meinen Laptop einfach auf dem Tisch liegen lassen, wenn ich jetzt Feierabend mache? Im dritten Stock hatte ich ein Fach für meine Sachen, das ich abschließen konnte.« So wie alle Mitarbeiter, und das weiß Cole natürlich, rüge ich mich gleich. Aber er hat mir wohl gar nicht zugehört, denn er blinzelt ein paar Mal, so, als ob er mich unscharf sehen würde. Als ich nähertrete, bemerke ich seine schweißbedeckte Stirn. »Fühlen Sie sich nicht wohl?«

»Alles bestens. Ja, lassen Sie den Laptop liegen, ich kann später die Tür absperren.« Er ist eindeutig heiser, seine Stimme kratzt, bestimmt schmerzt seine Kehle. Soll ich ihm ein Glas Wasser bringen? Stattdessen sehe ich ihm zu, wie er einen Schlüssel aus seiner Schreibtischschublade holt und dazu eine Verpackung, die ich als Schmerztabletten erkenne. Ohne mich weiter zu beachten, nimmt er sich eine Tablette, schluckt sie trocken herunter, doch im nächsten Moment klopft er sich auf die Brust. Ah, das kenne ich, Sodbrennen. Aber wieso schluckt er denn die Pillen ohne Wasser? Ungefragt hole ich ein Glas und reiche es ihm. Dankbar trinkt er das ganze Glas aus, doch die Hand bleibt auf seiner Brust liegen.

»Haben Sie Milch da?«

»Kühlschrank«, presst Cole hervor.

Stimmt, in der Kaffeeecke. Ich finde die Milch, schenke Cole gleich eine Tasse ein und bringe sie ihm. Seinen skeptischen Blick ignoriere ich. »Trinken Sie, die Milch wird helfen. Sie werden schon sehen.«

Als er nach der Tasse greift, streifen sich unsere Finger wieder. Natürlich prickelt dabei meine Haut, aber ich schenke dem Gefühl keine Beachtung. Ja, ich finde meinen Boss heiß und sympathisch, sogar wenn er gestresst ist, aber ich mag Menschen allgemein, also ist alles im grünen Bereich. Dass ich körperlich auf ihn reagiere, hat gar nichts zu bedeuten. »Besser?«

»Ja, danke.«

»Wie viele Schmerztabletten haben Sie denn heute schon geschluckt?«

»Zu viele«, gibt Cole unumwunden zu.

»Sie sollten nach Hause, sich auskurieren und nichts verschleppen. Vielleicht hat Sie die Grippe erwischt.«

»Ich bin nie krank.«

»Sie haben Kinder, wie kann es sein, dass Sie nie krank sind? Die Kleinen bringen doch bestimmt mal einen Schnupfen aus dem Kindergarten oder der Kita mit nach Hause.« Den Impuls, Coles Stirn zu fühlen, um zu sehen, ob er Fieber hat, unterdrücke ich. Seine glasigen Augen geben mir bereits Antwort darauf.

»Sie bringen manchmal einen Schnupfen mit, nichts Schlimmes. Gestern hatte Lucas Fieber.« Cole redet mehr zu sich selbst als zu mir, scheint sich nicht richtig konzentrieren zu können. Seine Augen blicken ins Leere. Ist er noch bei mir?

»Warum fahren Sie nicht nach Hause? Nach einer guten Nacht fühlen Sie sich bestimmt wieder topfit.«

»Ich muss noch ein paar Dinge erledigen.« Er stellt die Tasse ab, greift automatisch nach der Verpackung mit den Schmerzmitteln, aber ich nehme sie ihm aus der Hand. Er wirkt noch blasser als vor ein paar Minuten.

»Kommen Sie, packen Sie Ihre Sachen zusammen. Ich fahre Sie jetzt nach Hause. Oder wartet ein Chauffeur?«, fällt mir ein zu fragen.

»Nein, heute nicht. Ich kann selbst …«

»Nein, können Sie nicht. Und wenn ich Sie nicht nach Hause fahre, werden Sie einfach weiterarbeiten, oder?« Ich ignoriere die Tatsache, dass er mein Chef ist, denn vor mir sitzt ein kranker Mann, nicht mehr und nicht weniger. Er wird bald nachgeben, ich spüre es. Mein Dad ist auch so stur, schimpft wie ein Matrose, wenn es ihm nicht gut geht, und macht dann doch immer, was meine Mom vorschlägt. Nur eine Hühnersuppe werde ich Cole nicht kochen, bestimmt beschäftigt er eine Köchin, und natürlich wäre das absolut unangebracht, wenn ich ihn noch mehr bemuttern würde.

»Ich geh kurz meine Sachen zusammenpacken, machen Sie am besten dasselbe. Wir treffen uns in fünf Minuten im Vorzimmer.« Demonstrativ sehe ich auf die Uhr, um Cole anzutreiben, und entlocke ihm damit ein Lächeln. Damit habe ich nicht gerechnet oder dass er jetzt tatsächlich seine Unterlagen zusammenpackt. Wow, es muss ihm wirklich dreckig gehen. Besser, ich bringe Cole so schnell wie möglich heim.

Meinen Schreibtisch habe ich rasch aufgeräumt, eine der Schreibtischschubladen ist offen, sodass ich mich entschließe, meinen Laptop dort zu deponieren. Als Letztes greife ich nach meiner Tasche und meinem Mantel. Sehr schön, das Büro sieht aus, als ob niemand hier gewesen wäre. Cole steht mit einer Aktenmappe und einer Sporttasche vor meiner Zimmertür. »Sie waren im Gym? Heute?«

»Nur kurz.«

»Nur kurz?!«

Cole zuckt unbekümmert mit den Achseln, während er meine Zimmertür abschließt. Ich könnte ihm erklären, wie dumm es war, Sport zu treiben, aber ich lasse es bleiben. Mein Verhalten ist bereits übergriffig. Schweigend fahren wir mit dem Aufzug in die Tiefgarage.

»Sie erinnern mich an meine Schwestern, die hätten mir aber schon längst den Marsch geblasen«, erklärt Cole salopp.

»Sie sind mein Chef, ich kann so etwas nicht laut aussprechen«, antworte ich genauso ehrlich. »Besser Sie reden nicht mehr, sonst ist Ihre Stimme gleich ganz weg.«

Er verzieht das Gesicht und schließt sogar kurz die Augen. Ein leises *Ping* kündigt an, dass wir unsere Zieletage erreicht haben.

»Kommen Sie, bringen wir Sie ins Bett.« Oops, das ist mir so rausgerutscht, doch Cole reagiert nicht darauf, sondern geht langsam vor. »Ich kann Ihnen eine Tasche abnehmen.«

»Das wäre ja noch schöner. Reicht es nicht, dass ich mich von Ihnen nach Hause kutschieren lasse?« Er brummt schon beinahe, ich beiße mir derweil auf die Zunge, um nicht loszuprusten. Männer! Wenn Cole den Macho raushängen lässt, kann es ihm ja nicht so schlecht gehen. Oder genau das Gegenteil, und wenn ich ihn nochmals genauer betrachte, die fahle Haut, die tiefen Augenringe, die sich jetzt deutlich abzeichnen, und den zusammenpressten Kiefer, könnte es durchaus sein, dass es ihm schlechter geht, als ich dachte. Hat er bereits Schüttelfrost? Wir werden es gleich sehen.

»Nun ja, eine Kutsche habe ich noch nie gelenkt. Welches ist denn Ihr Auto?«

Er betätigt wohl den Autoschlüssel, denn vor mir geht eine Lichthupe an. »*Das* ist Ihr Auto?« Ein Bentley Cabriolet? Einen Atemzug lang bleibt mir der Mund offen stehen, meine Beine werden ganz weich und ich bin mir nicht sicher, ob ich zum Auto gehen oder doch besser zurück in den Fahrstuhl steigen soll. »Welche Farbe ist das denn?« Das fällt mir ein? Nicht, ob das Auto schlappe vierhundert oder sechshundert PS hat und ich es überhaupt lenken kann? Als mir Cole die Schlüssel zuwirft, fange ich sie jedoch ohne Mühe auf.

»Waren Sie im Softballteam?«, fragt er.

»Nein, mein Ex im Baseballteam der Highschool. Wir haben oft Bälle geworfen.«

»Sie sind aus Pennsylvania, oder?«

»Genau.«

Den Wagen hat Cole bereits entriegelt und offenbar traut er mir auch zu, seine Luxuskarosse zu fahren, denn im Gegensatz zu mir ist er inzwischen eingestiegen. Also gut, ich lege meine Tasche auf den Rücksitz, wünsche mir ein paar Sneaker und nicht meine Highheels an meine Füße und steige dann auch ein. Der Wagen riecht ganz neu, das schwarze Leder fühlt sich samtweich unter meinen Fingerspitzen an. Komisch, Bentleys habe ich immer mit alten Leuten in Verbindung gebracht, aber dieses Schätzchen ist Sex pur auf vier Rädern. Mir wird ganz warm, dabei habe ich nicht mal den Motor gestartet.

»Kambrisches Grau.«

»Wie bitte?«

»Die Farbe des Wagens.«

»Aha.«

»Sie reden nicht gerne beim Fahren.«

»Wir fahren noch gar nicht.« Aber dann mal los. Ein letzter Blick zu Cole, der mir aufmunternd zulächelt.

»Würde es Ihnen etwas ausmachen, die Adresse ins Navi einzugeben?«

»Nein.«

Ich starte den Wagen, gleichzeitig stellt Cole die Heizung höher, sodass ich noch mehr ins Schwitzen gerate, doch er friert wohl, so wie ich dachte.

Irgendwie werde ich die Fahrt schon überstehen, mir im Anschluss ein Uber nehmen und mich ganz gemütlich zum Hotel fahren lassen. Ich sollte mich noch bedanken, dass ich dort wohnen darf, und auch erzählen, dass ich bald ausziehe, weil ich ein Apartment gefunden habe. Aber dieses Schätzchen aus der Garage zu lotsen und mich in den Chicagoer Feierabendverkehr einzufädeln, benötigt meine ganze Aufmerksamkeit.

Der Wagen fährt wie von allein, das kann ich sogar beurteilen, wenn wir uns im Schritttempo bewegen. Doch das Navi zeigt mir an, dass wir bald auf die Interstate 94 abbiegen müssen. Bis dahin werde ich meine Nervosität bestimmt auch in den Griff bekommen. Cole hält die Augen geschlossen, wirkt für meinen Geschmack immer noch viel zu blass. Falls er eingeschlafen ist, werde ich ihn auf keinen Fall wecken. Noch immer fahren wir im Schritttempo, so habe ich Zeit, mir weiter die Umgebung anzusehen. Der Park zu unserer Linken scheint riesig zu sein. Vielleicht hätte ich mir hier eine Wohnung suchen sollen, direkt am Wasser. Bestimmt wäre sie aber unbezahlbar.

Wie Cole wohl lebt? In einem Haus? Ich bin auf jeden Fall sehr gespannt. Der Verkehr wird endlich flüssiger, ich zweige zur Interstate ab, tippe auf das Gas und denke zu fliegen. Meinen Freudenschrei schlucke ich herunter, genieße dennoch jede Minute des Weges. Viel zu rasch lässt mich das Navi wissen, dass ich die nächste Ausfahrt nehmen muss. Fünf Minuten später sehe ich die Ausschilderung für einen Country Club, am Baumarkt muss ich links in ein Wohnquartier abbiegen und dann kommt eine helle Steinmauer in Sicht, die nicht enden will.

*»Sie haben Ihren Zielort erreicht. Das Ziel befindet sich links.«*

Vor einem metallenen Tor halte ich.

»Cole, hey, wir sind angekommen.« Sanft lege ich meine Hand auf seinen Arm.

»Was?!« Er schreckt auf, seine blauen Augen sind blutunterlaufen. Sie scheinen sich in mich zu bohren, gleichzeitig bin ich nicht sicher, ob er mich erkennt.

»Wir sind angekommen«, wiederhole ich.

»Ja, natürlich. 568134 und mein Fingerabdruck.«

»Wie bitte?«

»So entriegeln Sie das Tor.«

Aha.

»Klingeln Sie einfach nach dem Wachdienst.« Er zeigt zur Steinmauer, da entdecke ich einen unscheinbaren Knopf.

Natürlich habe ich zu weit weg gehalten. Ich stelle den Motor ab, öffne meine Tür, da geht das Tor wie von Geisterhand auf. Cole hält sein Handy hoch und zwinkert mir zu.

»So krank können Sie nicht sein, wenn Sie mich ver… albern.«

»Ich habe Ihnen den Code zu meinem Haus verraten.«

»Der bestimmt alle vierundzwanzig Stunden gewechselt wird. Außerdem vergessen Sie den Fingerabdruck, ich bin kein gewalttätiger Mensch.« Wenn ich es nicht besser wüsste, könnte ich unser Geplänkel als Flirten einstufen. Aber das ist Quatsch, außerdem bin ich immer noch Miss Porter für Cole und er Mister Harris für mich. Eigentlich lächerlich, dass wir noch immer so förmlich sind.

Nachdem das Tor komplett aufgeglitten ist, fahre ich die lange Einfahrt hoch und versuche nicht noch auf den letzten Metern einen Unfall zu bauen. »Sie wohnen in einem Schloss?«

»Natürlich nicht. Das Haus ist eine ganz normale Villa.«

Genau, ganz normal. Mit dreißig Zimmern und einem Tennisplatz und Schwimmbad innen und außen? Ich parke direkt vor der Haustür. Soll jemand anderes das Auto in der Garage abstellen. Bestimmt gibt es dafür Personal.

Nachdem wir ausgestiegen sind, suche ich mir gleich auf meinem Handy ein Uber. Hmm, gar nicht so leicht, hier draußen eins zu finden. Da, endlich! Ein Wagen, zwanzig Minuten entfernt.

Ich kann an der Straße warten, es ist nicht zu kalt dafür.

»Ich wünsche Ihnen einen schönen Abend, erholen Sie sich.«

»Danke, wollen Sie nicht …«

Die Tür wird aufgerissen, eine ältere Frau erscheint mit Lilly und Lucas.

»Daddy, Daddy!« Cole geht in die Hocke, um die beiden aufzufangen. Lilly erreicht ihn als Erste, Lucas wirkt viel stiller, als ich ihn sonst erlebt habe. Er sieht mich aus großen hellen Augen an.

»Hallo, ich bin Hannah, erinnert ihr euch noch an mich? Ich war bei der Hoteleröffnung in San Antonio, die mit der Hüpfburg.«

»Bei Onkel Chase!«, ruft Lucas, hält sich dann jedoch den Bauch. Ist er etwa auch krank?

»Mister Cole, Lucas hat noch etwas Bauchweh, aber kein Fieber mehr. Lilly geht es gut. Maria hat heute Morgen Suppe gekocht. Ich mache mich jetzt auf den Weg, wenn weiter nichts ist.«

»Sehr gut, danke, Stella. Ich wünsche Ihnen ein schönes Wochenende, bis Montag.«

»Danke, bis Montag. Tschüss, Kinder.«

»Tschüss, Stella!« Ich sehe der Frau verdutzt hinterher, wie sie zu einem länglichen Gebäude geht, dort das erste Tor öffnet und kurze Zeit später mit einem VW Beetle davonbraust.

»Daddy, können wir Teeparty spielen?« Lilly

hängt an Coles Hals, der noch nicht mal seine Sachen aus dem Auto genommen hat.

»Puppen sind doof«, bemerkt Lucas.

»Sind sie nicht!«

»Sind sie doch!«

»Kinder! Schluss jetzt.«

Cole klang auch schon mal resoluter, aber mit kratziger Stimme ignorieren ihn die Kinder erst recht.

»Du bist doof! Ich spiele mit Daddy, du bist krank!«, ruft Lilly.

»Nein, bin ich nicht! Und ich will mit Daddy spielen!« Lucas hängt sich an Coles Beine, der so völlig bewegungsunfähig ist.

Wortlos nehme ich Coles Taschen, verriegle das Auto, obwohl es sicherlich unnötig ist, und gehe zum Haus. »Lucas, magst du mit mir kommen?« Ich strecke ihm auffordernd die Hand hin und siehe da, er lässt seinen Dad los und folgt mir. »Tut dein Bauch noch sehr weh?«

»Nein, nur ein bisschen.«

»Soll ich dir Suppe warm machen? Die ist bestimmt sehr lecker. Zeigst du mir, wo die Küche ist?«

»Nach links!«, ruft Lilly und zappelt, damit Cole sie runterlässt. »Komm mit!«

Ich werfe Cole einen Blick zu, doch er widerspricht mir nicht. Im Eingangsbereich bleibe ich mit offenem Mund stehen. Das Haus besitzt zwei Obergeschosse und, wenn ich richtig gesehen habe, drei Flügel. Es mag kein Schloss sein, aber auf jeden Fall ein Palast.

»Los, hier lang!« Lilly rennt nach links los, Lucas folgt ihr. Offenbar geht es ihm gut. Bevor ich ihnen hinterhergehe, stelle ich Coles Taschen neben der geschwungenen Treppe ab.

»Ich komme gleich nach«, erklärt mir Cole, schließt die schwere Eichentür und macht sich auf den Weg in den ersten Stock. Ich kann mich also frei bewegen? Aber ja, hier gibt es Wachpersonal und bestimmt wimmelt das Haus von Überwachungskameras.

»Kommst du?«, ruft Lilly.

»Ja.« Die Küche befindet sich offenbar am anderen Ende des Hauses, so habe ich Gelegenheit, einen Blick in die Zimmer, die ich passiere, zu werfen. Die Einrichtung ist eher maskulin, jedenfalls im Büro und der Bibliothek, im Fernsehzimmer liegen Malsachen auf dem Couchtisch, Brettspiele stapeln sich auf dem Boden.

In der geräumigen Küche angekommen, bin ich sprachlos. Allein die Kochinsel ist halb so groß wie mein Hotelzimmer, kann das sein? Ich zähle drei Öfen, der Kühlschrank könnte eine halbe Footballmannschaft verköstigen. Dazu noch die edlen weißen Küchenabdeckungen und der hölzerne

Boden. Wahnsinn, hier würde ich einziehen wollen. Doch die Küche ist leer. Hier ist gar keine Köchin.

»Kannst du backen?«, erkundigt sich Lilly und setzt sich auf einen Stuhl. »Wir haben bald Geburtstag.« Sie sieht mich durchdringend an, ihr Blick erinnert mich an Coles, direkt in meine Seele.

»Ich will einen Schokokuchen«, ruft Lucas, ergreift meine Hand und zieht mich zu einem eigenen Stuhl, auf den er mich drückt. Lachend setze ich mich.

»Nein, ich will einen mit einem Einhorn und einer Prinzessin«, bestimmt Lilly.

»Schokolade und ein Pirat!« Wie wild beginnt Lucas, mit den Armen in der Luft zu fuchteln. »Ich werde deinen Schatz finden, du hast keine Chance, ich bin der größte Seefahrer von allen!«

»Sagt mal, wer sind denn diese beiden hier?«

»Cowboy-Minnie und Cowboy-Micky, unser Onkel Dylan hat sie uns geschenkt«, erklärt mir Lilly. »Onkel Dylan bringt mir reiten bei«, erzählt sie weiter.

»Onkel Chase hat ein Hotel«, ergänzt Lucas.

Oh ja, ich weiß, denn Onkel Chase war auch mal mein Chef. Aber jetzt bin ich hier, und das ist gut so.

»Bist du traurig?«, fragt mich Lilly, zieht dabei sogar die Stirn kraus.

»Ein bisschen, ich kenne in Chicago nicht viele Menschen, da ich gerade erst hergezogen bin. Und dann ist es manchmal etwas einsam.«

»Du kennst uns!«, bestimmt Lucas. »Ich kann dir einen Schatz zeigen.«

»Ach ja?«

Lucas nimmt einen Hocker und klettert so rasch darauf, dass mein Herz bereits wie wild in meiner Brust hämmert, als ich aufspringe.

»Warte, was machst du denn da?«

»Ich will dir den Schatz zeigen.«

»Ganz oben.« Lilly macht zum Glück keine Anstalten, ebenfalls auf den Hocker zu steigen, und Lucas ist zu klein, um an die oberste Schranktür zu gelangen.

Mit meinen hohen Schuhen komme ich ohne Probleme an besagte Tür. Doch hineinsehen kann ich nicht. Also ziehe ich meine Schuhe aus, steige auf den Hocker und kann mir ein Kichern nicht verkneifen, als ich den Schatz entdecke: Schokolade, Bonbons, Kekse, Gummibärchen …

»Das gehört alles Daddy. Backen wir jetzt Kuchen?«, fragt mich Lilly aufgeregt.

»Ich will Lakritze«, mault Lucas. »Ich habe Hunger.«

»Ja, dann mache ich euch mal die Suppe

warm.« Wo bleibt denn Cole? Komisch. »Sagt mal, ist eure Köchin bereits gegangen?« Ich schließe die Schranktür zum Schatz, steige vom Hocker und stelle ihn zur Seite. Da der Boden schön warm ist, lasse ich meine Pumps unter dem Tisch liegen.

»Maria ist in Mexiko«, erklärt mir Lilly. Ihre dunklen Locken tanzen jedes Mal, wenn sie so vehement etwas erklärt. Sie ist so unglaublich süß mit ihrer Stupsnase und den Sommersprossen. Das grüne Kleid trägt sie mit dunklen Strumpfhosen kombiniert, auch Lucas trägt eine grüne Hose und einen blauen Pulli. Ist das eine Uniform?

»Ich mag keine Suppe, ich will Käsetoast und Lakritze«, erklärt er mir und verschränkt die Arme.

»Kannst du kochen, Hannah?«, fragt Lilly.

»Ja, eigentlich schon.«

»Ich will backen.«

»Ich will Käsetoast.«

Und wo ist Cole? »Sollen wir mal nach Daddy sehen?«

»Nein.« Lilly geht zum Kühlschrank, öffnet ihn und zeigt auf ein Dutzend Frischhalteboxen. »Wir haben Essen, du kannst bleiben.«

»Magst du Piraten? Schauen wir einen Film? Mit unseren Tanten schauen wir immer Filme. Im Kino«, erklärt mir Lucas und stellt sich ebenfalls neben den Kühlschrank. »Ich will Käsetoast.«

»Ich gehe als Prinzessin an Halloween, als was gehst du?«

»Äh, ich habe noch kein Kostüm.«

»Daddy auch nicht.«

»Hier, Käse.« Lucas reicht mir einen riesigen Leib.

»Also gut, wir brauchen noch Butter, Eier, ein paar Gewürze und den Toast natürlich.« Ich zähle alles an meinen Fingern ab. »Aber bist du sicher, dass du das essen sollst, Lucas?«

»Ja!«

Dann hoffe ich mal, dass er kein Bauchweh bekommt.

»Da ist alles drin.« Lilly öffnet die Tür zur Speisekammer. Oh ja, die gleicht einem Supermarkt. Die Regale sind jedenfalls alle bis zur Decke voll. Reis, Mehl, Nudeln, Konserven. Falls die Familie mal eingeschneit wird, kann sie ohne Weiteres Wochen überleben.

Zurück in der Küche erklärt mir Lucas: »Ich habe ein Piratenkostüm.« Lucas fuchtelt wieder mit einem imaginären Schwert umher und rennt jetzt auch um den Küchentisch.

»Zu Halloween haben wir zu Hause einen Kürbiskuchen gebacken«, erzähle ich, während ich alle Zutaten, die wir brauchen, aufreihe.

»Au ja!«, rufen beide begeistert.

»Ich soll einen Kürbiskuchen backen?«

»Mit ganz vielen Kerzen, wir werden fünf!«, ruft Lilly und klatscht in ihre Händchen.

»Ihr habt an Halloween Geburtstag? Wow, das ist ja toll. Aber ich weiß nicht, bestimmt backt eure Köchin den Kuchen, oder eure Tanten? Die Oma?«

»Nein, ich will, dass du es machst, und ich helfe.« Für Lilly ist der Fall klar. »Wir müssen eine Liste schreiben.«

»Ja, gut, ich frage aber noch deinen Daddy. Die Liste können wir auf jeden Fall schreiben. Wir brauchen einen Kürbis und noch andere Zutaten wie gehackte Haselnüsse und gemahlene Mandeln.«

»Daddy erlaubt nicht, dass wir Einkaufen fahren.« Lilly schüttelt bestimmt den Kopf.

»Nur manchmal mit Stella«, ergänzt Lucas, überkreuzt seine Arme und sieht mich streng an. »Und dann kommt auch immer Owen mit.«

»Ist Stella eure Tagesmutter? Und wer ist Owen?«

»Bis Daddy nach Hause kommt.« Lilly stibitzt etwas vom Käse, den ich zu raffeln begonnen habe.

»Um fünf Uhr«, klärt mich Lucas auf. »Das ist mein Käse.«

»Ich will auch ein Brot haben.«

»Natürlich, es reicht für alle.«

»Owen ist unser Bodyguard. Er passt auf uns auf.«

Die Kinder haben einen Bodyguard? Das habe ich ja gar nicht mitbekommen. Puh!

»Was meint ihr, wenn wir ein anderes Mal einen Kuchen backen und ich vorher einkaufen fahre.«

»Zu unserem Geburtstag? Aber du musst ein Kostüm anziehen.«

»Klar, ohne Kostüm geht Halloween ja gar nicht.«

Ich bereite Käsetoast zu und lerne sehr viel über Coles Kinder. Zum Beispiel, wie behütet sie aufwachsen, denn wann immer sie von ihren Freunden sprechen, sind es Geschichten aus der Kita. Offenbar verbringen sie viel Zeit im Garten. Es ist bereits zu dunkel, als dass ich mir den Abenteuerspielplatz ansehen kann, den Cole für sie gebaut hat. Ein anderes Mal. Und wenn sie vom Kino erzählen, meinen sie das hauseigene. Ihre Großeltern sind offenbar schon länger verreist, sie sprechen sich nur über Video, doch auch hier wird schnell klar, dass sie über Coles Eltern reden. Ihre Mutter oder deren Familie erwähnen sie gar nicht. Haben sie überhaupt keinen Kontakt? Ich frage nicht nach. Stattdessen erzähle ich ihnen von Clark, dem Vergnügungsdorf und meinem alten Arbeitsort in Pennsylvania, während wir genüsslich unseren Käsetoast verputzen.

»Daddy hat kein so tolles Hotel«, meint Lucas.

»Nun ja, wenn ich ehrlich bin, war das Hotel in Clark nicht so toll wie das von eurem Daddy. Aber der Freizeitpark und die Schokoladenfabrik im Dorf waren ein Highlight.«

»Wir waren noch nie im Freizeitpark. Fährst du mit uns hin?« Lillys Augen werden ganz groß und ihre Lippen zittern. Oh nein! Fängt sie etwa an zu weinen?

»Wir müssen Daddy fragen, aber ich bin mir sicher, dass er zustimmt.« Er wird mich einen Kopf kürzer machen. »Im Frühjahr, wenn wieder alles geöffnet ist.« Bis dahin habe ich genug Zeit, ihn zu überreden.

»Au ja! Das wird toll.« Lilly wirkt wieder glücklich, die Krise ist abgewendet. Und Clark ist schließlich nicht Disneyland, völlig harmlos und viel weniger überlaufen, versuche ich mein schlechtes Gewissen zu beruhigen. Besser, ich verabschiede mich bald, bevor ich noch mehr Versprechen mache. Aber ich habe keine Ahnung, wo Cole ist, im besten Fall ruht er sich aus.

»Können wir einen Film schauen?«, fragt mich Lilly nach dem Essen.

»Wann geht ihr denn schlafen?« Sie sehen mich beide mit großen Augen an. Wann ging denn ich mit fünf zu Bett? So um halb sieben oder sieben? Dann hätten wir noch ein bisschen Zeit und morgen ist Samstag, da können sie ja ausschlafen. »Ich kann euch auch etwas vorlesen«, biete ich an.

»Nein, ich will einen Film schauen«, bestimmt Lilly.

»Ich kenne mich mit Heimkinos leider nicht aus. Habt ihr auch einen normalen Fernseher?«

»Ja, komm!« Die beiden schnappen sich ihre Minnie- und Mickymaus und rennen davon.

»Wartet! Wartet!« Wenn sie jetzt wegrennen, finde ich sie ja nie. Ich hetze ihnen hinterher und entdecke sie im Wohnzimmer auf dem Sofa. Mein Herz beginnt aufgeregt zu flattern, denn sie haben mir den Platz zwischen sich freigelassen.

»Ich muss doch noch die Küche aufräumen.«

»Mach schnell«, sagt Lucas und starrt dabei wie gebannt auf den ausgeschalteten Fernseher.

»Kommt, wenn wir alle mit anpacken, sind wir in Nullkommanichts fertig.« Ich strecke meine Hände nach ihnen aus und nach anfänglichem Zögern folgen mir die beiden zurück in die Küche.

»Maria will nicht, dass wir etwas anfassen«, meint Lilly und nimmt sich zögerlich einen benutzten Teller.

Maria, die Köchin?

»Lucas macht alles kaputt«, behauptet Lilly und liefert somit gleich die Erklärung.

»Mache ich nicht«, wehrt sich dieser sofort gegen die Anschuldigungen.

»Machst du doch!«

»Nein!«

»Doch!«

Bevor noch Lucas' Teller auf dem Boden landet, nehme ich ihn ihm ab. »Kennt ihr Rapunzel?«

»Ja, ich mag ihre Haare, sie sind ganz blond und soooo lang.« Ehe ich sie aufhalten kann, klettert Lilly auf einen Stuhl.

»Nein, noch viel länger, sie ist in einem Turm gefangen.« Während ich spreche, setze ich sie wieder auf dem Boden ab. Die beiden haben Energie für fünf und ich brauche wohl auch Augen am Hinterkopf. So wird das nichts. »Kommt, ich wasche das später ab, gehen wir jetzt Rapunzel gucken.«

»Au ja!« Und wieder rennen die beiden los. Dann hoffe ich mal, dass ich den Fernseher überhaupt bedienen und den Film auch einstellen kann. Wenigstens weiß ich, welcher Streamingdienst ihn anbietet.

# Kapitel 4

COLE

Als ich aufwache, ist es draußen dunkel. Wie spät ist es? Statt mein Handy greife ich auf meinem Nachttisch ins Leere und werde im nächsten Moment von einem Hustenanfall geschüttelt, sodass ich kaum mehr Luft bekomme. Als ich mich endlich beruhigt habe, schalte ich das Licht an. Mühsam rapple ich mich auf, in meinem Kopf dreht sich alles, wie nach einer durchzechten Nacht. Aber die kann ich ausschließen, seit Jahren habe ich mich nicht mehr betrunken. Verdammt, wie spät ist es? Und welcher Tag ist heute überhaupt? Wieso trage ich noch mein Hemd und meine Hose? Stöhnend steige ich aus dem Bett, hinter meinen Augenlidern pocht es, sogar meine

Ohren schmerzen. Als ich das Handy im Bad finde, atme ich erleichtert auf, es ist Samstag kurz vor sieben in der Früh. Gleich kommen mich die Kinder wecken. Nachdem ich zwei Gläser Wasser getrunken und nochmals eine Schmerztablette geschluckt habe, hoffe ich, dass es mir bald besser gehen wird. Den Blick in den Spiegel hätte ich mir ersparen können, mein Gesicht ist geschwollen, die Augen rot.

Besser, ich kümmere mich um das Frühstück, aber vorher muss ich mich umziehen, mir ist kalt. Auf eine Dusche verzichte ich allerdings, mir ist nicht danach, Wasser auf meiner Haut zu spüren. Ich hole mir ein Sweatshirt, eine Jeans und dicke Socken und gehe leise an den Kinderzimmern vorbei. Es ist mucksmäuschenstill. Eigentlich sind die beiden um diese Zeit bereits wach. Oder sind sie gestern später als sonst ins Bett gekommen? Ich kann mich gar nicht erinnern. Mein müdes Gehirn spult den gestrigen Abend ab, als mich Miss Porter nach Hause gebracht hat und ich mich umziehen wollte. Ich habe mich für fünf Minuten hingelegt, um die lästigen Kopfschmerzen endlich loszuwerden … und dann nichts … nichts … Nein! Bin ich etwa … Ach verdammt, das kann doch nicht wahr sein! Ich bin eingeschlafen? Rasch gehe ich zu den Kinderzimmern und stoße die Türen so leise wie möglich auf. Die Vorhänge sind nicht gezogen, in der Dämmerung sehe ich, dass Lucas' Zimmer unbenutzt ist. Liegt er wieder bei Lilly? Obwohl ich weiß, dass sie nicht weg sein können, stockt mein Herz, als ich auch Lillys Zimmer unbenutzt vorfinde.

Wo können sie sein? In den oberen Stockwerken finde ich sie nicht. Auch im Erdgeschoss suche ich jedes Zimmer ab. Als ich im Wohnzimmer ankomme, glaube ich zu halluzinieren. Ich blinzle ein paar Mal, aber das Bild verändert sich nicht. Lilly und Lucas liegen an Hannah gekuschelt auf dem Sofa und schlafen. Eine Wolldecke ist halbherzig über sie geschlungen, wahrscheinlich hat Lucas sie im Schlaf weggestrampelt, das macht er immer.

Doch der Kloß in meinem Hals wird immer größer, je länger ich hier stehe. Denn die drei lächeln im Schlaf. Hannah ist eine Fremde, sie arbeitet für mich und auch wenn ich mir wünsche … Nein, sie ist die Falsche, und vor allem suche ich keine Frau! Aber ich belüge mich gerade selbst, denn der Anblick der drei berührt mich tief und lässt mich hoffen … dass es doch jemanden geben könnte, der zu uns passt. Dass ich die Anziehung zwischen Hannah und mir nicht ignorieren, sondern uns eine Chance geben sollte und herausfinden, ob ich unbewusst auf sie gewartet habe. Fuck! Es muss an den Medikamenten liegen, dass ich so rührselig werde. Das ist doch alles Blödsinn, was ich mir hier zurechtreime. Warum kann ich dann meinen Blick nicht von ihnen wenden?

Erst als ich ein Kratzen im Hals spüre, kommt Bewegung in meinen Körper. Aber es ist zu spät, auf halbem Weg aus dem Zimmer erfasst mich der nächste Hustenanfall. Und obwohl ich mir Mühe gebe, leise zu sein, erklingt Lillys verschlafene Stimme: »Daddy?« Sie gähnt, blinzelt und kuschelt sich wieder an Hannah.

»Daddy?!« Lucas ist im Gegensatz zu seiner Schwester augenblicklich hellwach und folgt mir aus dem Zimmer zur Küche, wo ich das Chaos ignorierend zum Küchenschrank stürme. Mit einem großen Glas Wasser versuche ich, den Hustenreiz einzudämmen. Es gelingt mir kaum.

»Daddy! Es war so toll, wir haben einen Film geguckt und Popcorn gegessen! Und Marmeladenbrötchen und Käsetoast. Wir haben nichts von deinem Schatz genommen. Hannah wollte es nicht. Sie ist toll, wir backen heute einen Kuchen.«

»Schön«, krächze ich als Antwort auf Lucas' Redeschwall. Verdammt, mein Rachen brennt. Eine weitere Schmerztablette wäre nicht schlecht, aber bestimmt nicht auf nüchternen Magen. Doch zuerst sollte ich aufräumen. Teller stapeln sich in der Spüle, daneben liegt eine gebrauchte Pfanne und Maiskörner bedecken nicht nur den Tisch neben der Popcornmaschine, sondern auch den Boden.

»Guten Morgen, Cole. Wir sind eingeschlafen.« Hannah reibt sich mit einer Hand den Schlaf aus den Augen, während sie Lilly in die Küche trägt. Meine Tochter klammert sich dabei wie ein kleines Äffchen an Hannah fest. Es scheint ihr überhaupt nichts auszumachen. »Tut mir leid, ich wollte noch aufräumen, bevor ich gehe. Aber ja … ich bin noch hier.« Sie streichelt über Lillys Rücken und küsst sie liebevoll auf den Scheitel. Es muss unbewusst passiert sein, denn im nächsten Moment versteifte sich Hannah. »Äh, ja … also ich mache mich gleich an die Arbeit.«

»Ich bin auch eingeschlafen, tut mir leid. Sie … Du musst nicht aufräumen. Möchtest du einen Kaffee?«

»Ja, gerne, danke.« Hannah setzt Lilly neben Lucas an den Tisch. Er scheint wieder eingeschlafen zu sein, denn sein Gesichtchen liegt auf der Tischplatte und er hält die Augen geschlossen.

Ehe ich Tassen aus dem Küchenschrank holen kann, werde ich vom nächsten Hustenanfall geschüttelt. Verdammt, das ist ja nicht auszuhalten. Schweiß tritt mir auf die Stirn und obwohl ich mich abwende, nehme ich wahr, wie mir Hannah ein Glas Wasser reicht.

»Warum gehst du nicht zurück ins Bett? Ich räume auf und mache uns dann Frühstück.«

»Daddy? Kann Hannah bleiben? Bitte?« Lilly gähnt und gleichzeitig sieht sie mich flehend an.

»Hannah hat bestimmt zu tun.«

»Nein, alles gut, außer ...« Sie kraust ihre Stirn und sieht an sich herab auf ihr verknittertes Kleid. Irgendwo liegen auch ihre Schuhe, im Moment trägt sie nur Strümpfe und reicht mir so bis zu den Schultern. »Oh je, wie sehe ich bloß aus? Ich geh mich kurz frischmachen, bin gleich wieder zurück.«

Fast fluchtartig rennt sie aus der Küche, offenbar weiß sie, wo die Gästetoilette ist. Besser, ich mache mich ans Aufräumen, nutze die paar Minuten, die mir der Husten gibt, doch ich spüre den nächsten Anfall bereits in mir aufsteigen. Gierig trinke ich noch ein Glas Wasser.

»Daddy? Können wir mit Hannah Einkaufen fahren? Sie hat gesagt, sie kann einen Kürbiskuchen backen.«

»Mit Fledermäusen drauf! Und Schokolade!« Lucas ist wie auf Knopfdruck wieder hellwach.

Einkaufen fahren? Ein Nein liegt mir bereits auf der Zunge. »Hannah hat gestern nur ausgeholfen, weil ich mich nicht so gut gefühlt habe.« Ich räuspere mich, verdränge auch die Kopfschmerzen. Es wird zwar ein langer Tag werden, aber ich habe schon Schlimmeres überstanden. Wenn es gar nicht geht, lasse ich die Kinder einen Film schauen. Mein Notfallprogramm. Wir haben es bis jetzt immer alleine geschafft. Das wird heute nicht anders sein.

»Daddy, bitte, bitte, bitte.« Lilly springt auf und schmiegt sich im nächsten Moment an mich. »Ich will meinen Kürbiskuchen. Und dann verkleiden wir uns!«

Hannah kommt zurück in die Küche. Ihr Kleid ist zwar immer noch verknittert, aber ihre Haare hat sie aus dem Gesicht gekämmt und sich abgeschminkt. Sie sieht wunderschön aus und ich bin wohl immer noch nicht ich selbst, wenn ich mir auch wünsche, sie würde bleiben.

»Ja, ich bin ein Räuber! Oder ein Cowboy!«, stimmt Lucas ein, mich zu überreden.

Hinter meiner Stirn wird das Pochen immer heftiger. »Hat Tante Rachel eure Kostüme nicht schon fertig?«, erinnere ich mich. Lucas wollte doch unbedingt ein Piratenkostüm.

»Ich will aber ein Cowboy sein!«, ruft Lucas empört. Seine helle Stimme schrillt in meinen Ohren.

»Warum zeigst du mir nicht später dein Kostüm?«, fragt Hannah. »Ich bin sicher, es sieht großartig aus. Wenn ihr wollt, schminken wir uns.« Sie streckt ihre Hand zum High Five hin, doch meine Kinder umarmen sie stattdessen so stürmisch, dass sie fast zu Boden geht. »Aber jetzt räumen wir zusammen auf, dann machen wir Frühstück und danach muss ich kurz ins Hotel fahren, um mich umzuziehen.«

»Können wir mit? Daddy hat ganz viele Hotels«, erklärt ihr Lilly ernst.

»Ja, ich weiß, ich wohne im größten.«

»Oh, ich will in die Stadt fahren. Grandpa hat die Königin von England getroffen.« Lilly ist nicht zu bremsen, doch bevor sie aus der Küche rennt, packe ich sie am Arm. »Hinsetzen und essen. Jetzt. Seid brav, wir reden später weiter.«

»Ja, Daddy.« Ganz handzahm setzen sich die beiden Racker. Ich traue ihnen keine Sekunde über den Weg, allein mit Hannah sprechen kann ich jetzt nicht. Außerdem ist sie weder meine Nanny, noch meine Köchin, schon gar nicht meine Putzfrau. Doch während ich Cornflakes und Milch für die Kinder hole, räumt Hannah wie selbstverständlich die Küche auf. Sie kennt uns gar nicht, hätte eine Fremde sein sollen, aber so glücklich, wie die Kinder am Küchentisch sitzen und frühstücken, fühlen sie sich mit ihr pudelwohl. Ich verstehe nicht, wie das sein kann.

»Muss man für diese Kaffeemaschine ebenfalls einen überdurchschnittlichen IQ besitzen oder ist sie für normale Menschen gedacht?«, fragt mich Hannah neckisch.

»Einfach den Knopf drücken, Wasser, Milch und Kaffeebohnen nicht vergessen.«

»Das schaffe ich.« Glücklich summt sie irgendein Lied, das ich nicht kenne. Sie gehört eindeutig in die gleiche Fraktion wie Lucas, frisch und munter bereits zum Sonnenaufgang. Lilly und ich wollen morgens lieber unsere Ruhe haben. Zwei gegen zwei, der Gedanke gefällt mir. Aber mir ist wohl wirklich nicht zu helfen, wenn ich mir Hannah jetzt doch an meiner Seite vorstelle.

»Was möchtest du frühstücken?«, frage ich sie.

»Warum setzt du dich nicht und ich kümmere mich um das Essen. Ich kann dir ein paar Eier aufschlagen oder besser einfach einen Toast oder Zwieback? Hast du Tee im Haus? Fenchel wäre ideal, mit einem Klecks Honig würde er gegen deinen Husten helfen. Ansonsten solltest du viel trinken und dich ausruhen. Und jetzt höre ich auch schon auf, dich zu bemuttern.«

Bevor ich etwas antworten kann, hält sie mir eine Tasse schwarzen Kaffee hin. »Ohne Milch und Zucker, richtig?«

»Richtig.« Wie immer kribbeln meine Finger, als wir uns berühren. Statt das Gefühl zu ignorieren, bemerke ich, wie sich Hannahs Pupillen weiten. Ihre braune Iris erinnert mich an flüssige Schokolade. »Danke.«

»Also, was möchtest du essen? Und es macht mir wirklich nichts aus, noch Zeit mit Lilly und Lucas zu verbringen. Du könntest dich hinlegen und auskurieren. Ein freier Tag, was meinst du?«

Ich ringe mit mir. Meine Schwestern haben mir die letzten Jahre immer wieder vorgehalten, dass ich Lilly und Lucas viel zu abgeschirmt aufwachsen lasse. Statt wie andere Eltern mit ihnen zum nahegelegenen Park auf den Spielplatz zu gehen, habe ich einfach einen in meinem Garten errichten lassen. Das Grundstück ist groß genug und mit einer Kletterburg, Sandkasten, Rutschen, Schaukeln und sogar einer Brunnenanlage sollten meine Kinder wunschlos glücklich sein. Sind sie aber nicht, denn ich bemerke ihre leuchtenden Augen, wenn ich sie um fünf Uhr von der Tagesmutter übernehme und sie mir haarklein von der Kita erzählen. Lilly und Lucas sind extrovertiert, genau wie ihre Mom. Sie lieben andere Menschen, fremdeln für meinen Geschmack viel zu wenig. Denn ich weiß, wie gefährlich es für sie sein kann, so vertrauensselig zu sein. Wir sind zu reich und bekannt, als dass sich niemand für uns interessieren würde.

»Bitte, Daddy, bitte, bitte, bitte.« Beide haben ihren Hundeblick aufgesetzt.

»Also gut.«

»Ja, wir gehen einkaufen!« Lilly springt auf.

»Hinsetzen und essen!« Meine Stimme überschlägt sich fast. Erschöpft schließe ich die Augen.

»Tschuldigung«, höre ich Lilly zerknirscht murmeln.

»Tut mir leid, ich wollte dich nicht anschreien.« Ich knie mich zu ihr, drücke sie fest an mich. Eigentlich sollte ich mich von meinen Kindern fernhalten, bevor ich sie noch anstecke, aber ihre kleinen Arme um mich zu spüren, zu wissen, dass es ihnen gut geht, ist mir wichtiger. »Verzeihst du, Daddy?«

»Hannah hat gesagt, dass du krank bist. Wir müssen leise sein.«

Ach ja? »Das wäre toll, danke.« Schmunzelnd lasse ich Lilly fertigessen. Statt den Kaffee zu trinken, den mir Hannah gereicht hat, hole ich in der Speisekammer Tee. Obwohl ich nichts gesagt habe, schlägt Hannah Eier auf und bereitet auch Toast vor. Nebenher kümmert sie sich noch um das Teewasser. Mir bleibt nichts weiter zu tun, als mich zu setzen. Als alles bereit ist, verteilt Hannah das Essen auf zwei Teller.

»Kann ich mir einen Wagen ausleihen?«

»Die Kindersitze sind im SUV«, erkläre ich und muss an mich halten, keinen Rückzieher zu machen. Aber versprochen ist versprochen.

»Passt es, wenn wir am späten Nachmittag zurück sind? Wir könnten noch ins Kino, ich kenne den perfekten Film. Mit Prinzessin und ganz viel Abenteuern.«

Wir sollten das nicht vor den Kindern besprechen, ich kann so nicht Nein sagen.

»Eisprinzessin?«, ruft Lilly aufgeregt.

»Nein.« Hannah schüttelt den Kopf, verschließt ihren Mund, als ob ein Reißverschluss angebracht wäre, und isst weiter ihren Toast.

»Cars!«, versucht Lucas es zu erraten.

»Nein.«

»Welcher Film?«, bettelt Lilly.

»Super Mario Brothers! Habt ihr den schon gesehen?«

»Nein! Ich will ins Kino! Daddy, können wir ins Kino?« Lucas springt bereits auf. Als er meine hochgezogene Augenbraue sieht, setzt er sich wieder hin.

»Du magst Nintendo?«, frage ich interessiert.

»Und warum siehst du jetzt aus, als ob du mich zu einem Spiel herausfordern willst?«

»Mache ich nicht, du würdest sowieso verlieren. Außerdem gibt es in diesem Haushalt keine Videospiele.« Das ist gelogen und die Kinder werden auch dieses Geheimnis bald lüften. Genau wie das, wo ich meine Süßigkeiten horte. Wobei meine Schwester Anne es ihnen verraten hat. Doch ich versuche mir nichts anmerken zu lassen. Wir essen weiter.

»Hast du das Firmenhandy mit?«

»Nein, es liegt im Schreibtisch im Büro, wieso?«

»Du besitzt aber ein privates?«

»Natürlich. Ich geb dir gleich meine Nummer.«

Das wird nicht reichen. Aber vor den Kindern will ich das nicht diskutieren. Ich warte, bis sie sich nach dem Frühstück die Zähne putzen gehen und sich für das kühle Wetter umziehen, währenddessen rede ich mit Hannah Klartext: »Ich muss eine Überwachungsapp auf deinem Handy installieren. Tut mir leid, aber das Risiko ist mir zu hoch. Außerdem begleitet euch ein Bodyguard. Und du darfst Lilly und Lucas nie und unter keinen Umständen aus den Augen lassen. Verstanden?«

»Wie bitte?« Überrascht sieht mich Hannah an.

»Es geht nicht anders.«

»Ein Bodyguard begleitet uns und du überwachst jeden unserer Schritte? Darf ich raten: Owen?«

»Habt ihr euch bereits kennengelernt?« Eigentlich ist das Sicherheitsteam »unsichtbar«.

»Lilly und Lucas haben mir von Owen erzählt. Wenn du meinst, dass das nötig ist.«

»Es ist nichts Persönliches.«

»Sieht Owen wie Dwayne Johnson in Kampfmontur aus oder kann er wenigstens ganz normal angezogen sein? Dann könnte er als mein Freund durchgehen, also falls er nicht bloß einsilbig dasteht und die Umgebung beobachtet«, bemerkt Hannah spöttisch.

Verkennt sie den Ernst der Lage? Wenn ich es Hannah erklären muss, kann ich sie auf keinen Fall mit den Kindern gehen lassen.

»Ich verstehe schon, du musst nicht so sauer gucken. Kann ich die App deinstallieren, wenn wir zurück sind?«

»Natürlich.«

»Dann schätze ich, geht es in Ordnung.« Hannah verlässt die Küche, kommt kurze Zeit später zurück und überreicht mir ihr Handy.

»Beide sind sehr leicht zu begeistern und dann kaum unter Kontrolle zu halten. Ich wäre froh, ihr würdet nicht in eine Mall fahren.«

»Nein, natürlich nicht. Wir fahren ins Kino und in einen Supermarkt, unterwegs essen wir und kommen danach zurück. Ist so gegen fünf in Ordnung?«

»Du willst den ganzen Tag mit ihnen verbringen?«

»Ja, klar, also kurier dich aus. Ich schenke dir einen ganzen Tag für dich allein. Nutze die Zeit gut.«

Noch keiner hat mir einen Tag geschenkt. »Danke.«

»Gerne.«

Nachdem ich die App installiert habe, gebe ich Hannah das Telefon zurück. Als Nächstes schicke ich Taylor eine Nachricht, dass ich Owen abziehe. Owen Tanner ist achtundzwanzig, ehemaliger Marinesoldat und ursprünglich aus New Jersey. Er ist schon ein paar Jahre bei mir, die Kinder kennen und mögen ihn.

Eine halbe Stunde später verlässt er mit Hannah, Lilly und Lucas das Haus und ich bin allein. Ein Tag für mich, perfekt, um liegen gebliebene Arbeit aufzuholen. Stattdessen lege ich mich aufs Sofa im Wohnzimmer und sorge mich um die Kinder. Wird schon alles gut gehen, rede ich mir ein, während ich auf mein Handy starre und darauf zusehe, wie sich der Wagen immer weiter von mir entfernt. Wenn ich die Augen schließe, taucht das Bild von Hannah und meinen schlafenden Kindern vor meinem geistigen Auge auf. Ich vertraue ihr, und darum konnte ich über meinen Schatten springen. Ich hoffe, ich werde es nicht bereuen.

# Kapitel 5

HANNAH

Im besten Fall wird sich Cole auskurieren. Aber ich glaube es nicht. Er kann nicht loslassen. Egal, wie elend er sich fühlt. Da Owen den Wagen steuert, kann ich mich auf dem Beifahrersitz nach hinten zu Lilly und Lucas drehen, um mit ihnen zu sprechen. »Sagt mal, wer passt auf euch auf, wenn euer Daddy keine Zeit hat?«

»Daddy ist immer da«, behauptet Lilly.

»Tante Rachel hilft am Sonntag und manchmal Maria«, erklärt Lucas.

Die Köchin. Aha. Das sind alle? Aber Rachel wohnt und arbeitet doch jetzt in San Antonio. Dann ist Cole ganz allein? Das kann nicht stimmen.

»Und Stella. Sie ist lustig, aber streng. Daddy ist nicht streng, er tut nur so.« Lilly scheint ihren Dad um den kleinen Finger gewickelt zu haben. Auf keinen Fall werde ich sie nach ihrer Mom fragen, und da sie nicht von allein davon anfangen, wechsle ich auch das Thema. »Ich habe keinen Kühlschrank in meinem Hotelzimmer, das heißt, wir gehen am besten auf dem Rückweg einkaufen.«

»Warum wohnst du nicht im Haus?«, fragt Lilly. Meint sie ihre Villa?

»Ich habe eine Wohnung gemietet, aber sie ist noch leer. Meine Sachen fahren gerade von Texas hierher.«

»Du kannst in meinem Bett schlafen«, bietet Lilly an. Gott, ist sie süß.

»Danke, das ist sehr nett, aber das Hotel in Chicago ist total schön. Und ich kann zu Fuß ins Büro, ich habe nämlich auch kein Auto.«

»Daddy hat ganz viele Autos.«

»Grandpas Grandpa hat es gebaut«, erklärt mir Lucas. »Ich werde, wenn ich groß bin, der Chef sein, so wie Daddy.«

»Nein, das werde ich sein, ich bin älter.«

»Ihr könnt es beide sein«, schlage ich vor und erstaunlicherweise hört die Streiterei gleich auf.

»Ich habe Hunger«, bemerkt Lucas als Nächstes. Owen stöhnt leise auf.

»Du hast gerade erst gegessen.« Ich hätte Snacks einpacken sollen, wie blöd. »Aber gut, es gibt ja genug Cafés, wir machen eine Pause. Geht das in Ordnung?«, raune ich Owen zu.

»Ich kenne ein Café. Fünf Minuten von hier«, antwortet er mir. Er ist zwar der ruhige Typ, aber soweit ganz angenehm.

»Au ja, krieg ich Pfannkuchen?« Auch Lilly scheint von den Cornflakes nicht wirklich satt geworden zu sein. Owen setzt den Blinker, biegt in eine Nebenstraße ab und hält kurze Zeit später vor einem kleinen Café. Das sieht ja gemütlich aus. »Willst du hier warten? Oder mitkommen?« Es ist übersichtlich, wir können nicht verloren gehen.

»Ich warte«, antwortet Owen.

Kaum ausgestiegen, rennen Lilly und Lucas direkt ins Café und dort gleich zur Kuchenvitrine. Die Pfannkuchen scheinen vergessen zu sein, beide möchten einen Apfelzimtmuffin. Ich gönne mir einen Cappuccino mit extra viel Schokopulver und sehe danach Lilly und Lucas zu, wie sie fröhlich ihr Essen verputzen und dabei jeden Krümel mit dem Finger auflesen. Das Café ist halb leer und sehr schlicht eingerichtet. Doch die Wände sind orange gestrichen, die Decke weiß und die Stühle bunt gemischt. Wie bei Pippi Langstrumpf. Ob die Kinder das Buch kennen?

An der Wand neben der Kasse entdecke ich diverse Plakate, eines will ich mir genauer ansehen. »Bleibt ihr kurz sitzen? Ich bin gleich zurück.«

Ja, ich habe mich nicht geirrt, auf einem Plakat wird eine Eisbahn beworben. Ich bin ein absoluter Hockeyfan und selbstredend kann ich auch Schlittschuhlaufen. Auf meinem Handy rufe ich die Adresse auf, das Eisfeld liegt nur fünfzehn Minuten von hier. Beschwingt gehe ich zurück zum Tisch. Dabei vergesse ich kurz, dass ich ja immer noch mein Kleid trage. Das wird so nichts. Aber ich will noch nicht aufgeben, zu sehr spüre ich bereits das Gefühl von Freiheit, wenn ich mir vorstelle, über das Eis zu flitzen.

»Sagt mal, wart ihr schon mal Schlittschuhlaufen?«, frage ich beinahe atemlos, als ich mich zu den Kindern zurücksetze.

Lucas' Augen werden so groß, dass ich befürchte, sie fallen ihm noch aus dem Kopf.

»Ist das ein Nein?«

»Daddy sagt, es ist gefährlich«, erklärt Lilly.

»Aber nein, es ist wundervoll«, widerspreche ich und strahle. »Bewegung, frische Luft und ein Heidenspaß. Es gibt nichts Besseres.«

»Können wir wirklich eislaufen fahren?« Lucas stützt sich auf dem Tisch ab und sieht mich an, als ob ich ihm Weihnachten und Ostern in einem versprochen hätte.

»Wir bräuchten natürlich Helme und dicke Handschuhe. Schlittschuhe können wir uns mieten. Was sagt ihr, wenn wir jetzt ganz rasch ins Hotel fahren, damit ich mich umziehen kann? Und unterwegs halten wir nach einem Sportgeschäft Ausschau. Die Helme könnt ihr auch zum Schlittenfahren benutzen, somit kaufen wir uns welche.«

»Schlittenfahren?«

»Ja.« Wenn mir Lilly jetzt erzählt, dass sie noch nie Schlittenfahren war, bekomme ich die Krise.

»Wow, dann können wir die großen Hügel machen.« Lucas lacht so hell auf, dass ich ihn am liebsten gepackt und im Kreis geschwungen hätte.

»Gehen wir! Los!« Lilly ergreift meine Hand, während mich Lucas vom Stuhl zerrt.

Als wir vor dem Café stehen, jauchze ich laut auf. Die Kinder johlen, während wir zum Auto hetzen. Ah, Owen habe ich glatt vergessen. Aber er kann ja im Auto warten, falls er keine Lust hat, mit uns über das Eis zu flitzen.

Die Fahrt zurück nach Chicago ist laut und lustig, wir sind alle voller Vorfreude, obwohl Owen das Steuerrad so stark umklammert, dass das Weiß seiner Knöchel sichtbar ist. Aber er hat nicht Nein gesagt, das ist die Hauptsache.

Im Hotel angekommen, gehen wir händchenhaltend durch die Lobby zu den Aufzügen. Die Blicke der Pagen entgehen mir nicht. Ein mulmiges Gefühl beschleicht mich. Soll ich irgendjemandem Bescheid geben, dass ich mit Coles Kindern hier bin? Aber nein, Owen ist ja direkt hinter uns. Dennoch verstärke ich meinen Griff um ihre kleinen Hände. Plötzlich kann ich Cole sehr gut verstehen. Das Hotel ist riesig, wenn ich sie hier verlieren würde, wie rasch könnte ich sie wiederfinden? Zweifel keimen auf, ob wir wirklich zum Eislaufen sollen und danach ins Kino.

»Schicken wir Daddy ein Foto?«, fragt mich Lilly und hüpft an meiner Hand.

»Vom Hotel?«, frage ich. »Falls er vergessen hat, wie es aussieht?«

»Du bist lustig! Ich mag dich!« Lilly bleibt abrupt stehen und schlingt ihre kurzen Arme um mich. Lucas tut dasselbe, gerührt drücke ich sie zurück und streiche zärtlich über ihre dunklen Locken.

»Ich mag euch auch.« Niemand will uns etwas Böses, ich sollte mich nicht plötzlich so verrückt machen. »Seht mal, der Sessel da drüben sieht doch perfekt für ein paar Selfies aus. Darin fühlen wir uns wie Könige.« Bevor ein anderer Gast im roten Samtsessel Platz nimmt, drücken wir uns alle darauf. Die Selfies sind mal lieb, mal frech, aber in allen sieht man, wie viel Spaß wir haben. Ich hoffe, Cole freut sich. Ich schicke die Fotos los, sie werden zugestellt, aber nicht angesehen.

»Was sagt Daddy?« Lucas hält sich das Handy so dicht vor die Nase, dass er überhaupt nichts erkennen kann.

»Noch nichts. Ich hoffe, dass er schläft. Er ist krank.«

»Daddy ist nie krank«, imitiert Lucas erstaunlich gut Coles Stimme. »Daddy ist wie Superman.« Er springt vom Sessel auf und rennt mit ausgestreckten Armen durch die Lobby. »Lucas! Komm zurück!« Lilly rennt sogleich hinterher, Owen ist sofort auf Zack und hat sie noch vor mir eingeholt.

»Gewonnen!«, schreit Lucas, als er am Aufzug angekommen ist.

»Du hast geschummelt!«, tadelt ihn Lilly sogleich.

Owen schüttelt den Kopf. Ist er sauer?

»Kinder, wir müssen uns benehmen. Was sollen denn die Gäste denken?«

»Oh, Tschuldigung.« Zerknirscht senken die beiden die Blicke.

»Schon gut. Kommt, fahren wir hoch.« Wir betreten den Lift. »Sag mal, Owen, fährst du eigentlich Schlittschuh?«

»Nein.«

Schade, aber sein Pech, würde ich mal behaupten.

## COLE

Mit einem Ruck wache ich auf, bevor ich mich stöhnend auf den Rücken drehe und die Augen wieder schließe. Wie spät ist es? Aufzustehen und mein Handy zu suchen, kommt mir viel zu anstrengend vor. Ich drifte wieder weg. Als ich das nächste Mal aufwache, klingelt mein Handy. Es liegt auf dem Couchtisch. Bis ich mich aufgerappelt habe, verstummt es, doch es geht gleich wieder los. Taylor! Auf einmal bin ich hellwach. »Was ist los?!«

»Das wollte ich dich fragen! Hast du eine neue Nanny eingestellt? Wir haben sie nicht überprüft.« Im Hintergrund höre ich eine Tastatur klappern.

»Doch, natürlich hast du sie überprüft.« Fahrig streiche ich mir über die Stirn. Schließe nochmals die Augen, aber da mir davon schwindlig wird, öffne ich sie wieder. »Hannah Porter. Wo ist sie?«

»Warum soll ich Hannah Porter suchen?«

»Sie ist mit Lilly und Lucas unterwegs.«

»Warum ist die Projektleiterin für die Boutiquehotels allein mit deinen Kindern unterwegs?«

»Projektleiterin? Von einer Beförderung weiß ich nichts. Owen ist bei ihnen. Ich lasse meine Kinder nicht allein, schon vergessen?«

»Dann solltest du dich mal mit Annie zusammenschließen. Dein Deputy hat Hannah nach einer Woche befördert. So lange arbeitet sie für euch, oder?«

»Ja, so in etwa.« Hat sie mir ein Memo geschickt? Das kann durchaus sein.

»Ich verstehe nur Bahnhof. Also Hannah ist mit Lilly und Lucas unterwegs? Warum? Was habe ich verpasst? Läuft da etwas zwischen euch? Muss ich dir wirklich erklären …«

»Nein, ganz bestimmt nicht. Es ist nicht so, wie du denkst. Ich war in einer Notsituation und Hannah hat sich angeboten zu helfen, nicht mehr und nicht weniger.«

»Was denn für eine Notsituation? Warum weiß ich nichts davon? Wo ist deine Nanny? Du hast doch jemanden zusätzlich eingestellt, jetzt, da Rachel in San Antonio lebt, oder?«

»Sie hat nicht gepasst.« Das Gespräch laugt mich aus und führt zu nichts.

»Also machst du wieder alles allein? Natürlich, wieso frage ich überhaupt? Du hast ja alles im Griff, außer jetzt. Du bist also krank, so wie du klingst. Muss dir ziemlich schlecht gehen, wenn du einer Fremden deine Kinder anvertraust und mich nicht mal anrufst. Ich bin deine Schwester, schon vergessen?«

»So ist das nicht, mach mal halblang«, brause ich auf. »Außerdem begleitet Owen sie, und ich weiß die meiste Zeit gar nicht, wo du bist.«

»Spar dir deine Erklärungen, du klingst schon ganz heiser.«

»Wo sind sie?«

»Ich zeig es dir. Du bekommst gleich ein paar Videos. Offenbar scheint Miss Porter ein Händchen für Kinder zu haben, frag sie doch mal, ob sie nicht ihre Karriere überdenken möchte. Im Moment sind sie im Warren Park.«

»Was machen sie denn im Park? Ich dachte, sie wollten ins Kino.« Wenigstens sind sie ganz in der Nähe, erleichtert atme ich aus.

»Eislaufen.«

»Sag das noch mal.«

»Eislaufen. Sie waren Helme kaufen und offenbar noch T-Shirts der Chicago 77. Wusste Hannah nicht, dass du und Liz den Schrank voll mit Fanartikeln habt?« Taylors spöttischer Tonfall ist nicht zu überhören. Sie ist Footballfan.

»Nein, wie gesagt, wir kennen uns nicht privat. Warum rufst du eigentlich an?«

»Weil bei mir sämtliche Alarmglocken geläutet

haben, als mich Owen informiert hat. Für Halloween muss ich ein halbes Dutzend Bodyguards einsetzen, damit du mit Lilly und Lucas eine simple Straße in eurem Wohnquartier abläufst, aber du lässt eine wildfremde Frau mit deinen Kindern bis nach Chicago fahren? Mit Owen als Chauffeur?«

»Du übertreibst. Ich verkleide mich doch nicht, damit wir nur *eine* Straße ablaufen, es werden mindestens zwei sein. Außerdem begleitet Owen auch immer Stella und du behältst die Tracking-App zusätzlich im Auge, oder?«

»Selbstredend.«

»Dann ist ja alles gut. Ich muss los.«

»Natürlich musst du das. Bis später.«

Taylor ist sauer. Sie ist nun mal nicht meine erste Wahl, wenn ich eine Babysitterin suche, aber immer, wenn es um unsere Sicherheit geht. Sobald wir aufgelegt haben, entdecke ich Fotos. Hannah hat sie geschickt, ich erkenne die roten Samtsessel, sie stehen in der Lobby des *Harris Hotels* in Chicago. Und wieder bestätigt Hannah mir, dass ich ihr vertrauen kann. So glücklich, wie sie in die Kamera lächelt, meine Kinder fest an ihre Seiten gedrückt, wirkt Hannah wie Familie. Taylor hat recht, ich kenne sie kaum, doch es scheint keine Rolle zu spielen. Ihr Anblick, wie sie mit meinen

Kindern eng umschlungen auf dem Sofa schlief, hat in mir etwas verschoben und dabei eine Sehnsucht ausgelöst, die ich sehr lange unterdrückt habe. Jetzt ist nur die Frage, was ich tun soll.

# Kapitel 6

HANNAH

»Daddy muss mitkommen!«, ruft Lilly fröhlich, als sie auf dem Eis rumstakst. Lucas hat den Dreh etwas besser raus, breitbeinig rennt er förmlich über das Feld. Beeindruckt klatsche ich und rufe: »Woohoo!«

Owen steht an der Bande, wenigstens lächelt er zur Abwechslung, als er uns zusieht. Er ist sogar so nett und filmt uns, damit wir die Videos später Cole zeigen können. Lucas wirbelt herum, winkt und landet prompt auf seinem Hosenboden. Noch bevor ich bei ihm bin, rappelt er sich hoch. »Komm, Lilly, ich nehm dich bei der Hand. Probier, mit den Kufen nach rechts und links zu stoßen und nicht nach hinten. So wie ich es dir gezeigt habe.«

»Ja, los!«

Ich lege meine Hand auf ihre und halte sie ganz fest, was durch unsere dicken Handschuhe gar nicht so einfach ist. Erstaunlich gut beginnt sie meinen Anweisungen zu folgen, bis wir schön in Schwung kommen. In der Kurve lasse ich meinen Arm ausgestreckt und ziehe sie einfach mit. Lillys Backen sind rosig, ihre hellen Augen leuchten vor Freude, dieses Bild hätte ich gerne für Cole festgehalten, aber das geht nicht. Dafür habe ich andere gemacht, sogar im Sportladen, als wir die Trikots, Helme und dicken Handschuhe anprobiert haben. Cole hätte diesen Tag mit uns erleben sollen, und je mehr Spaß wir miteinander haben, desto mehr vermisse ich ihn. Also nicht ich persönlich, mehr im übertragenen Sinn, wegen der Kinder. Schmunzelnd schüttele ich über mich den Kopf.

»Sieh mal, Hannah, Hockey!«, ruft Lucas und stoppt aufgeregt.

»Daddy liebt Hockey«, quiekt Lilly. »So wie Tante Liz, sie wohnt in Philadelphia, ihr Freund ist ein Spieler.«

»Wirklich? Ich liebe Hockey auch, ich bin in Philadelphia aufgewachsen.«

»Daddy spielt auch!«

»Ach, wirklich?«

»Ja, er guckt sich jedes Spiel an und schimpft, wenn der Trainer etwas falsch macht.«

»Aha.« Was bedeutet das? Ist er einfach ein großer Fan oder hat er mal als Junior gespielt? Meine Neugierde ist definitiv geweckt. Wir halten neben Lucas und schauen den Teenagern zu. Jeder spielt offenbar gegen jeden, es gibt nur ein Tor, sie jagen den Puck, springen über die gegnerischen Stöcke, es wirkt sehr spielerisch, die Freude am Sport scheint an oberster Stelle zu stehen. Ich könnte ewig zusehen, aber meine Füße werden eisig. So ist es immer. »Lasst uns noch ein paar Runden drehen und dann zum Kino fahren.«

»Au ja, kann ich einen Hotdog haben?«, fragt mich Lucas unvermittelt.

Hat er schon wieder Hunger? Ich muss definitiv ab jetzt immer ein paar Snacks einpacken. Was? Nein, muss ich nicht. Das hier ist eine einmalige Sache, ich werde nicht jedes Wochenende mit Coles Kindern verbringen. *Schade.* »Natürlich kannst du einen Hotdog haben. Bevor wir ins Kino gehen. Kannst du noch solange warten?«

»Ich will meinen Hotdog mit Mayo«, informiert mich Lilly.

»Igitt! Mayo ist eklig, ich will Ketchup.«

»Mayo ist nicht eklig, ich mag Mayo.«

»Weil du blöd bist.«

»Bin ich nicht!«

»Bist du doch!«

»Kinder, beruhigt euch. Jeder darf seinen Hotdog essen, wie er will.«

»Magst du Mayo?«, fragt mich Lilly aufgeregt.

»Nein! Hannah mag Ketchup, oder?« Lucas sieht mich auffordernd an.

»Also, ich mag Senf«, gestehe ich.

»Igitt!«, kommt es gleichzeitig, sodass ich lachen muss.

Ich packe beide an den Händen und drehe mit ihnen noch ein paar Runden. Es ist nicht mehr so kalt wie heute Morgen, nach meinem Geschmack perfekt, um den Tag draußen zu verbringen. Zwar weiß ich jetzt schon, dass ich die Wärme Texas' bald vermissen werde, spätestens wenn die Stadt im Schnee versinkt und der Wind bis in meine Seele dringt. Und gleichzeitig erinnere ich mich daran, wie ich als Kind mit meinem Dad einen Schneemann gebaut habe und Schlittenfahren war. Wie wir das Haus an Weihnachten mit Lichterketten geschmückt haben und einen aufblasbaren Weihnachtsmann im Garten aufgestellt haben. Ohne Schnee passt es einfach nicht.

Ich verkneife es mir, die Kinder zu fragen, wie sie Weihnachten oder Thanksgiving feiern, ich will nicht in noch mehr Fettnäpfchen treten. Auch wenn ich es zu gerne wüsste.

. . .

Viel später als geplant beenden wir den Tag. Nach dem Eislaufen waren wir Hotdogs essen und haben spontan einen Abstecher zum Donutladen gemacht. Den Kinokomplex, den ich ausgesucht habe, tauschten wir gegen ein kleines Filmtheater in einem Vorort, sehr zu Owens Gefallen. Er saß mit uns in der Vorstellung und schien sogar an Marios und Luigis Geschichte Spaß zu haben. Was für die Einkäufe im Supermarkt nicht zutraf. Doch die Kinder waren so glücklich, dass wir nicht nur die Zutaten für den Kürbiskuchen, sondern auch für Sugar Cookies gekauft haben. Dazu Dekomaterial für Halloween. Lucas ist total von den Fledermäusen begeistert, Lilly liebt die Hexen auf ihren Besen. Natürlich habe ich noch Spinnen und Spinnweben, einen Totenkopf, Gespenster und Glupschaugen, die aber essbar sind, gekauft.

Die Fahrt zurück zu Coles Haus verläuft sehr ruhig, den Kindern fallen vor Müdigkeit fast die Augen zu. Das Radio habe ich ganz leise eingestellt, während Owen den Wagen sicher lenkt.

»Danke, es war ein schöner Tag«, bemerke ich. »Ich hoffe, du hattest auch etwas Spaß?«

Seine Mundwinkel zucken. »War ganz okay, mal etwas anderes«, brummt er leise zurück.

Sehr schön. Im Radio dudeln irgendwelche Hits, aber sie machen mich melancholisch. Warum singt eigentlich jeder über verpasste Chancen?

Oder kommt es nur mir so vor? Da, schon wieder, Dixie Malone erobert offenbar gerade die Charts mit einem neuen Hit: »*... deine Liebe war bittersüß, hätte ich bleiben sollen? Ich werde nie wissen, was aus uns hätte werden können ... ob ich dich so hätte lieben lernen können, wie du mich liebst ...*« Ihre Stimme ist so eindringlich, dass ich das Gefühl habe, *ich* wäre unglücklich verliebt, und es deprimiert mich. Statt einen neuen Sender zu suchen, schalte ich das Radio ab. Leise beginne ich, *Oh Happy Day* zu summen. Denn heute war doch ein toller Tag und ich will ihn mir durch nichts und niemanden verderben lassen. Das Tor gleitet zur Seite, wir können gleich durchfahren.

»Wir sind zu Hause«, sage ich zu Lilly und Lucas. Keiner rührt sich, die kleinen Racker sind wirklich eingeschlafen. Ich zücke mein Handy und schieße noch ein Foto. So süß!

»Hey, wir sind zu Hause.« Sanft streiche ich Lilly über die Hand.

»Daddy?«, fragt Lilly verschlafen.

»Ja, wir sind zu Hause. Ich helfe dir, Moment.« Ich steige aus, während sich Owen um unsere Einkäufe kümmert. »Danke.«

»Schon okay.«

Noch bevor Owen die Haustür mit unseren Tüten erreicht, wird sie von innen geöffnet und eine großgewachsene Frau erscheint im Türrahmen. Owen versteift sich augenblicklich; wenn er nicht alle Hände voll hätte, würde er wohl salutieren.

»Tante Tay! Tante Tay!«, ruft Lilly aufgeregt.

»Warte, ich muss dich abschnallen.« Kaum habe ich Lilly aus dem Wagen geholfen, rennt sie los. Auch Lucas ist jetzt wach, aber er schafft es, den Gurt selbst zu lösen und eilt ebenfalls zu seiner Tante. Das ist dann wohl Taylor, die Sicherheitsexpertin. Sie kniet sich zu den Kindern, um sie zu umarmen. Während sie leise mit ihnen redet, haftet ihr kühler Blick auf mir. Ich lasse mir meine Gänsehaut nicht anmerken, die Taylor in mir auslöst, schnappe mir stattdessen meine Tasche und schließe alle Wagentüren.

»Es war so toll!«, schwärmt Lilly, als ich nähertrete.

»Es war super!«, stimmt Lucas mit ein. »Ich bin über das Eis geflitzt, so schnell wie Super Mario!« Er reißt sich los und rennt über den Vorplatz. Keuchend kommt er nach einer großen Runde zu uns zurück und rennt direkt ins Haus. Lilly kichert und auch ich sehe ihm kopfschüttelnd nach.

»Hi, ich bin Hannah«, stelle ich mich vor.

»Taylor.« Sie steht auf und mustert mich ganz genau, als sie mir die Hand schüttelt.

»Wo ist Daddy?«, fragt Lilly.

»Im Büro. Komm, wir gehen zu ihm.«

Im Büro? Ich muss mich verhört haben. Statt meiner Empörung Luft zu machen, folge ich Taylor und den Kindern. Sie sind längst weg, Taylor bleibt hingegen in der Eingangshalle stehen.

»Ich habe den Kindern versprochen, mit ihnen zu backen und auch das Haus für Halloween zu schmücken«, beginne ich meine Anwesenheit zu rechtfertigen.

»Und eislaufen warst du auch?« Sie mustert mich mit überkreuzten Armen und schmalem Mund.

»Ja, ist das ein Problem?«

»Nein, kein Problem. Nur ein schöner Zufall, dass Cole Eishockeyfan ist und unsere jüngste Schwester mit einem NHL-Spieler befreundet ist? Du kommst auch noch aus Philadelphia.«

»Was soll das heißen? Unterstellst du mir, dass ich die gleichen Interessen vortäusche und mich bei seinen Kindern einschleime?«, frage ich empört. Hoffentlich hören mich die Kleinen nicht.

»Du wärst nicht die Erste, die sich an Cole ranmacht«, wirft sie mir an den Kopf.

So eine Frechheit! Ich bin so sauer. Ich habe doch nichts falsch gemacht. Besser, ich beruhige mich. »Ich möchte mich noch kurz verabschieden. Falls ich darf?« Trotzig recke ich mein Kinn. Um den Kuchen mit den Kindern zu backen, ist es sowieso zu spät, sie gehen bald ins Bett. Ich werde sie auf ein anderes Mal vertrösten und am besten vorbeikommen, wenn die Nanny oder Köchin auch da ist.

»Im Büro.« Taylor deutet in die entsprechende Richtung.

Ungläubig sehe ich wenig später, dass Cole am Schreibtisch sitzt. Lilly und Lucas reden auf ihn ein, sind so aufgedreht, dass ich nicht weiß, wie sie gleich schlafen gehen sollen. Aber das ist ja nicht mein Problem.

»Lilly, Lucas, ich möchte mich schon mal verabschieden.«

»Bringst du uns noch ins Bett?«, fragt Lilly. »Wann backen wir den Kuchen?«

»Ein anderes Mal«, grätscht Cole dazwischen und wie bestellt erscheint Taylor hinter mir.

»Kommt, ich lese euch noch etwas vor.« Tatsächlich gehen die beiden brav mit ihrer Tante mit.

»Tschüss, Hannah«, rufen sie im Chor und drücken mich beim Hinausgehen. Sie sind goldig.

Als ich ihnen nachsehe, entdecke ich auch hier eine Wand, die voll mit Kinderzeichnungen ist. In der Sitzecke wohnen ein paar Kuscheltiere und das Sideboard ist vollgestellt mit Bilderrahmen in unterschiedlichen Größen.

Dass Cole ein Vollblutdad ist, habe ich verstanden. Wie er gleichzeitig sein Arbeitspensum stemmt, ist mir allerdings ein Rätsel.

»Danke, die Kinder hatten einen schönen Tag«, krächzt es plötzlich hinter mir.

Mit gekrauster Stirn drehe ich mich um. Cole ist immer noch heiser?

»Gern geschehen. Ich dachte eigentlich, dass du dich auskurierst.« Meine Verärgerung ist nicht zu überhören. Was mir Taylor unterstellt hat, macht mich immer noch sauer. »Jemand sollte noch die Vorräte wegräumen.«

»Ich kümmere mich darum. Danke für die Fotos.«

»Keine …«, beginne ich, doch bevor ich Ursache sagen kann, klingelt sein Handy. Ohne zu zögern nimmt er ab und geht zu seinem Schreibtisch zurück.

»Nein, Seite fünf, die Zahlen können nicht stimmen. Ich will, dass Sie nochmals das zweite Quartal überprüfen.«

Ich verstehe kaum, was Cole sagt, seine Stimme bricht immer wieder weg, dennoch redet er einfach weiter, als ob nichts wäre. Besser, ich rufe mir jetzt ein Uber. Und in der Zwischenzeit kann ich die Vorräte selbst einräumen.

In der Küche sehe ich, dass Owen alles auf dem Tisch abgestellt hat. Ich bin in ein paar Minuten bereits fertig, es gibt nichts mehr zu tun. Ich werde mich verabschieden und gehen. Doch im Büro ist Cole immer noch am Telefon, also warte ich.

»Nein, Südkalifornien … Genau … Ich weiß, dass er ein halbes Dutzend Hotels leitet … Gut, danke … Bis morgen.« Als Cole aufgelegt hat, reibt er sich über die Augen, blinzelt und tippt danach auf seiner Tastatur. Kopfschüttelnd sehe ich ihm zu.

»Ich gehe jetzt. Noch ein schönes Wochenende.«

»Danke, dir auch.« Er sieht auf und unsere Blicke verhaken sich. Selbst in seinem angeschlagenen Zustand ist er ein unglaublich attraktiver Mann. »Taylor unterstellt mir, hinter dir her zu sein«, platzt aus mir heraus.

»So? Bist du es?« Seine Mundwinkel verziehen sich zu einem verschmitzten Lächeln.

»Findest du das etwa lustig?« Das ist doch nicht zu glauben. »Passiert dir das oft? Dass sich Frauen über deine Kinder an dich ranmachen oder dir vorgaukeln, die gleichen Interessen wie du zu haben, um dich damit um den Finger zu wickeln?«

»Ab und zu.« Der Unmut steht ihm ins Gesicht geschrieben. Es überrascht mich, dass er seine Emotionen nicht versteckt.

»Hast du den ganzen Tag gearbeitet? Ist wenigstens das Fieber runter? Hast du etwas gegessen?«, wechsle ich das Thema.

Er öffnet seinen Mund, aber ich stoppe ihn mit meiner erhobenen Hand. »Du kannst auch einfach nicken oder den Kopf schütteln.«

Er nickt und schüttelt den Kopf, lächelt dabei wieder. Hätte ich mal nicht drei Fragen auf einmal gestellt.

»Ich mache dir Suppe warm.« Seine Schwester ist hier, ich sollte gehen. Oder wenigstens das Uber abbestellen. Nein, ich sollte gehen. Sie traut mir nicht über den Weg, und wenn ich mich jetzt noch um Cole kümmere, wird sie noch misstrauischer. Er ist mein Boss, auch das darf ich nicht vergessen. Dennoch schlage ich den Weg zur Küche ein, ich kann ihn nicht im Stich lassen.

## COLE

»Danke.« Hannah hört es nicht mehr, meine Stimme ist praktisch weg. Mist, ich sollte noch ein paar dringende Telefonate führen. Daraus wird wohl nichts. Bevor ich Hannah folge, gehe ich Lilly und Lucas gute Nacht sagen.

Zu meiner großen Erleichterung liegen sie frisch gebadet und in ihren Pyjamas gekleidet in Lillys Bett. Taylor klappt gerade das Buch zu, aus dem sie vorgelesen hat.

»Daddy, wann gehen wir Schlittenfahren?«, fragt mich Lilly aufgeregt und gleichzeitig kann sie kaum ihre Augen offen halten.

»Wenn genügend Schnee liegt«, flüstere ich.

»Au ja! Morgen?«, stimmt Lucas gleich mit ein.

»Morgen gibt es leider noch keinen Schnee. Wir werden sehen, der Winter wird bestimmt lang. Gute Nacht.« Taylor legt das Buch weg, bevor sie Lilly gute Nacht sagt und Lucas in sein eigenes Zimmer bringt.

»Gute Nacht, Prinzessin.«

»Gute Nacht, Daddy.« Lilly schließt die Augen, das Lächeln auf ihrem Gesicht ist nicht zu übersehen. Wie auch immer Hannah es angestellt hat, meine Kinder lieben sie.

Nachdem ich auch Lucas eine gute Nacht gewünscht habe, verabschiedet sich Taylor.

»Brauchst du noch etwas?«

Ich schüttele den Kopf.

»Wir reden morgen.« Taylor zögert. »Weißt du, was du tust?«

»Wir reden morgen.«

Sie verlässt ohne einen weiteren Kommentar das Haus. Nachdem ich die Tür hinter ihr verriegelt habe, gehe ich zur Küche. Der Tag war anstrengend, auch wenn ich ein paar Stunden geschlafen habe.

»Hey, da bist du ja.« Hannah wirkt erfreut, als

ich in die Küche komme, und ihr Lächeln stellt komische Dinge mit mir an. Sie hat den Tisch für eine Person gedeckt, sogar Kerzen angezündet und Jazzmusik über das Radio auf der Küchenanrichte eingestellt. Ein Topf dampft auf dem Herd.

»Setz dich.« Sie schöpft einen Teller und stellt ihn auf dem Tisch ab. »Guten Appetit.«

»Setzt du dich zu mir?«

»Nur, wenn du den Mund hältst.« Sie beißt sich auf die Unterlippe, ja, sie ist meine Angestellte, aber das Thema lasse ich auch jetzt außen vor. Wir nehmen Platz, die Hühnersuppe schmeckt bestimmt köstlich, Maria ist eine ausgezeichnete Köchin. Aber ich will hier nicht stumm essen. Wenn ich Hannah schon mal ganz für mich habe, ist es doch die Gelegenheit, mehr über sie zu erfahren.

»Ihr wart eislaufen. Wieso?« Immerhin bemühe ich mich, kurze Fragen zu stellen.

»Ich habe das Plakat in einem Café entdeckt«, erklärt sie, stützt ihre Ellbogen auf dem Tisch ab und massiert sich ihren Nacken. Ich könnte das übernehmen, es gibt sogar extra ein Zimmer mit einer Liege und Massageölen im Untergeschoss neben dem Fitnessraum. Hannah hat noch kaum etwas vom Haus gesehen, fragt aber nicht einmal danach. So verhält sich keine Goldgräberin. Ich erkenne solche Frauen meist sofort und Taylor eigentlich auch.

»Und?«, fordere ich sie auf weiterzuerzählen.

»Ich war als Kind sehr gerne auf dem Eis, mit meiner Mom habe ich Pirouetten gedreht, mit meinem Dad Pucks versenkt. Er und sein Bruder sind noch heute riesige Hockeyfans. Wir sind häufig ins Stadion gefahren, haben den Philadelphia Pucks zugejubelt.«

»Liz ist mit einem der Spieler befreundet, Hudson Burke.« Sie sind Kindergartenfreunde, Liz oft mit anderen Spielerfrauen im Stadion. Somit plaudere ich hier kein Familiengeheimnis aus.

»Er ist vor einem Jahr aus Chicago transferiert. Ich habe da noch in Clark gewohnt, für die Luxus-Hotelgruppe gearbeitet.«

Gilt Hannahs verträumter Blick etwa Hudson? Die Eifersucht, die ich spüre, schüttle ich gleich wieder ab.

»Wieso hast du in Clark gearbeitet?«

Sie lacht hell auf, als ob es die dümmste Frage ist, die ich stellen konnte.

»Clark ist ein Paradies und der beste Ort auf der ganzen Welt. Hast du das etwa nicht gewusst? Es gibt neben dem Hotel eine Schokoladenfabrik, einen Vergnügungspark, Weinberge und eine Brauerei und sogar ein eigenes Hockeyteam. Und als Mitarbeiterin der Clark-Gruppe genoss ich überall einen Sonderrabatt. Aber um ehrlich zu sein, glaube ich, dass jeder Einwohner des Dorfes auf der Gehaltsliste der Clark-Gruppe steht.« Hannah nimmt sich eine Tasse und einen Teebeutel und setzt heißes Wasser auf. Sie bleibt an die Küchenzeile gelehnt, sieht verträumt auf den Boden, so als ob sie sich zurückerinnert … oder zurückwünscht? Nein, sie hat Clark verlassen.

»Dennoch bist du nach Texas gezogen. Warum? Und was hat deine Familie gesagt, was deine Freunde?« Hatte Hannah einen Partner? Das interessiert mich am meisten.

»Ich bin meiner Freundin und ehemaligen Chefin gefolgt, Emily West. Bereits als ich davon erfahren habe, dass sie und Chase King ein Hotel in Texas eröffnen möchten, habe ich mich beworben. Es war für mich sonnenklar, dass ich ihr folgen werde.« Das Teewasser kocht, Hannah dreht sich weg und ich habe das Gefühl, etwas Wichtiges zu verpassen.

»Du bist sehr loyal, solche Mitarbeiter suchen wir ebenfalls. Aber du hast Texas nach nur einem halben Jahr den Rücken gekehrt, wieso?«

»Hast du meinen Motivationsbrief nicht gelesen?« Sie setzt sich mit ihrer Tasse zurück an den Tisch.

»Doch.«

»Möchtest du noch mehr?« Sie deutet auf meinen leeren Teller.

»Nein.« Ich möchte hören, warum sie wirklich die Stelle bei uns angenommen hat.

Bevor ich Hannah aufhalten kann, räumt sie ab und stellt den Rest der Suppe zurück in den Kühlschrank.

»Ist die Frage zu privat?«

»Ja und nein.« Sie setzt sich zu mir zurück. »Ich war mit Emily vorletzten Sommer in Texas. In Austin, um genau zu sein. Aus privaten Gründen, damals haben wir beide noch in Clark gearbeitet. Ich habe mich gleich in Austin verliebt, die Stadt ist unglaublich, mit den vielen Parks und dem Fluss. Wir waren sogar Wasserskifahren, der Wahnsinn. Jedenfalls wollten wir an einem Abend etwas trinken gehen und wir haben einen Tipp für eine der schönsten Dachterrassenbars der Stadt bekommen.« Hannah nippt an ihrer Tasse, sieht mir dabei in die Augen und seufzt leise, als sie die Tasse wieder abstellt. »Es war das *Harris Hotel*.« Hannahs Wangen werden rot. »Als wir durch die Lobby zu den Aufzügen gingen, habe ich Emily gefragt, ob ich mich erkundigen soll, ob sie einen neuen General Manager mit Assistentin suchen würden. Damals hätte ich mir nie träumen lassen, dass ich wirklich mal für dich arbeiten würde, und schon gar nicht ohne Emily.«

Sie sieht mir immer noch in die Augen und schluckt. Fragt sie sich, ob es Fügung oder Schicksal ist, dass sie jetzt hier sitzt? Früher habe ich an solch ein Zeug geglaubt, heute nicht mehr. *Aber was, wenn …* regt sich eine kleine Stimme in mir. Nein.

»Emily West hat mein Angebot abgelehnt«, erwidere ich harsch. Es ist Zufall, dass Hannah hier sitzt, nicht mehr und nicht weniger.

»Ja, Emily hat abgelehnt, aber nur weil das Timing nicht passt«, berichtigt mich Hannah sogleich. »Es ist nichts Persönliches, und wenn du Emilys leuchtende Augen vor einem Jahr in dieser Lobby gesehen hättest, wüsstest du, wie sehr ihr das Hotel gefallen hat. Aber sie will im Moment etwas Eigenes. Mein Glück, sonst wäre ich nicht hier«, erklärt sich Hannah weiter und wirkt dabei glücklich.

»Du wärst auf jeden Fall hier, weil du Emily blind überallhin folgen würdest.« Mein Kommentar ist gehässig, doch ich bin nicht sauer auf sie, ich bin es auf die Umstände. »Solch tiefe Freundschaften sind selten und ich bin mir nicht sicher, ob ich dir nicht besser raten soll, zurück nach Texas zu gehen«, versuche ich mich zu erklären und stoße sie bloß noch weiter vor den Kopf.

»Wie gut, dass du nicht mein Chef bist, sondern

Anne. Solange sie mich nicht zurück nach Texas schickt, ist alles in Ordnung«, kontert Hannah sofort.

»Ich bin der CEO und somit natürlich auch dein Chef, wenn auch nicht direkt.«

Hannah zuckt unbekümmert mit den Schultern.

»Es war immer, was ich wollte. In die Fußstapfen meines Vaters treten, ich habe mir nie etwas anderes gewünscht.« Keine Ahnung, warum ich Hannah das erzähle. Es klingt, als ob ich mich selbst überzeugen will.

»Die Hotels sind wundervoll und Lilly und Lucas sind beide jetzt schon von ihnen beeindruckt. Du hättest sie mal sehen sollen, als wir in Chicago waren.«

Ja, die beiden haben sich längst von unserer familiären Leidenschaft anstecken lassen.

»Entschuldige, du kennst deine Kinder viel besser als ich, bestimmt hast du es schon selbst gemerkt.«

»Meine Schwestern sind ein großer Teil des Erfolges und natürlich unsere Eltern und Vorfahren. Hast du Geschwister?«, frage ich Hannah weiter aus.

»Nein. Es gibt nur meine Mom, meinen Dad und ihre Familien. Sie leben alle in Philadelphia und Umgebung. Obwohl Tante Mabel den Winter gerne in Florida verbringt.«

»Hattest du viele Freunde als Kind?«

»Ja, eigentlich schon.«

»Jemand bestimmtes?«

»Fragst du mich etwa nach meinen Beziehungen aus?«

»Du musst nicht antworten.«

»Was ist mit dir? Ist es zu persönlich zu fragen, was mit Lillys und Lucas' Mom ist?«

»Ihre Mom ist nicht Teil unseres Lebens. Ich wollte mehr, sie nicht. Mein Fehler, dass ich mir etwas eingebildet habe, das nicht existierte.« Meine Verbitterung ist nicht zu überhören.

»Tut mir leid.«

Dieses Mal stehe ich auf, nehme Hannah ihre leere Tasse ab und brühe uns beiden eine neue auf. Hannah verschwindet in der Vorratskammer und kommt kurz darauf mit einem Honigtopf zurück. Sie bewegt sich hier, als ob sie zu Hause wäre. Es gefällt mir.

»Es muss dir nicht leidtun. Ich habe die Kinder, meine besten Freunde sehe ich jede Woche im Gym und meine Schwestern sind nie weit, auch wenn nur noch Taylor in Chicago wohnt.«

»Was ist mit deinen Eltern?«

»Weltreise, seit über einem Jahr.«

»Wow, das klingt aufregend.«

So dachte ich auch mal, heute ist es in meinen

Augen vor allem anstrengend. Ich bin zu sarkastisch geworden und wahrscheinlich auch langweilig, das Gefühl mag ich überhaupt nicht. Doch für mehr habe ich einfach keine Zeit. Ich stelle unsere vollen Tassen auf dem Tisch ab. Hannah bleibt hingegen nachdenklich stehen.

»Ich sollte jetzt gehen. Danke, ich hatte heute einen wirklich schönen Tag.«

»Bleibst du noch, wenn ich aufhöre zu reden?«

»Warum? Du solltest ins Bett gehen, schlafen. Das ist die beste Medizin.«

»So früh kann ich nicht schlafen.«

»Schon klar, du kommst mit fünf Stunden aus, trainierst als Erstes eine Stunde im Gym, schwimmst danach zehn Meilen im Pool und zum Frühstück reichen dir ein Eiweißdrink und schwarzer Kaffee, stimmt's oder habe ich recht?«

Grinsend setze ich mich. Auch sie nimmt wieder Platz, lässt einen großen Klecks Honig in meine Tasse tropfen und schiebt mir die Tasse zu.

»Eigentlich mag ich keinen Tee.« Frech schiebe ich ihr die Tasse zurück.

»Er tut dir aber gut.« Sie reicht sie mir wieder.

»Du hast mir noch nicht von deinem Freund erzählt.«

»Das ist privat und geht dich nichts an.«

»Hast du einen?«

»Momentan nicht.«

Sehr gut. »Warum nicht?«

»Keine Ahnung. Es hat nicht gepasst, außerdem bin ich umgezogen.«

»Die Hotels, die du für Annies Projekt vorgeschlagen hast, kennst du persönlich, oder? Maine, New Hampshire, Massachusetts?«

»Ja, und ja, ich war mit einem Mann dort, zufrieden?«

»Nein, welches hat dir am besten …«

Sie beugt sich über den Tisch und legt mir plötzlich einen Finger auf den Mund. Meine Lippen prickeln und Wärme schießt durch mich hindurch. Ich will sie küssen. Hannah ist mir so nah, dass ich sie jetzt deutlich rieche: Vanille und Rosen. Ich kann nicht aufhören, auf ihren Mund zu starren.

Doch sie schreckt zurück. »Tut mir leid. Ich muss jetzt wirklich los.« Hastig steht sie auf. Ich folge ihr, sehe ihr zu, wie sie ihre Tasche und ihren Mantel nimmt.

»Mein Chauffeur kann dich fahren.«

»Das ist nicht nötig. Ein Wagen kommt gleich.«

Wirklich? Hier draußen gibt es kaum Uber. Mein Chauffeur ist hingegen in fünf Minuten bereit. Aber ihr Uber ist wirklich schon hier, sie muss es vor einer Weile gerufen haben.

»Gute Nacht.«

»Gute Nacht.«

Nachdem sie eingestiegen ist, lässt Hannah das Fenster runter und winkt mir zum Abschied. »Geh rein, so wirst du nie gesund.«

*Ja, Mommy.* Doch ich tue ihr den Gefallen, was mir ein sehr zufriedenes Lächeln von Hannah beschert. Verdammt, daran könnte ich mich gewöhnen.

# Kapitel 7

COLE

Am nächsten Tag geht es mir deutlich besser. Ob es an der Suppe, dem Tee oder wirklich an der Tatsache liegt, dass ich durchgeschlafen habe, weiß ich nicht. Vielleicht an allem.

»Daddy, wo ist Hannah?«, fragt mich Lilly, als sie an ihrem Toast mit Erdbeermarmelade knabbert.

»Gehen wir Schlittenfahren?« Lucas schlägt gleichzeitig mit dem Löffel auf seine Cornflakes, sodass die Milch aus der Schüssel schwappt. Ich nehme ihm den Löffel aus der Hand und wische die Sauerei auf.

»Es liegt kein Schnee und Hannah …« Statt den

beiden zu erklären, dass sie keine Zeit hat oder meine Angestellte ist und nicht unsere Nanny, schwindle ich: »Hannah kümmert sich um ihren Umzug.« Es ist keine richtige Lüge, sie muss sich bestimmt einrichten.

Aber Lilly seufzt schwer, legt ihren Toast beiseite und sieht tieftraurig aus. Auch Lucas gleicht einem Häufchen Elend.

»Wir könnten Kekse backen«, schlage ich vor, um die beiden aufzumuntern.

»Wirklich?« Lilly springt auf und auch Lucas strahlt plötzlich.

»Ja, klar.« Wie schwer kann das schon sein? Dabei verdränge ich wohl die Tatsache, dass ich noch nie mit den Kindern gebacken habe. Das macht sonst unsere Köchin Maria, aber die ist ja verreist.

»Ich will Streusel drauf und Glitzerstaub!« Lilly rennt bereits in die Vorratskammer.

»Glitzerstaub schmeckt nicht«, rufe ich Lilly hinterher.

»Ich will Schokostückchen! Und Lakritze.« Auch Lukas steigt vom Stuhl und rennt weg.

»Hey! Habt ihr nicht etwas vergessen?!«, rufe ich ihnen zu. Meine Stimme klingt ebenfalls schon viel besser, auch wenn ich nicht den ganzen Tag schreien sollte. Lilly und Lucas kommen mit eingezogenen Köpfen zurück zum Tisch, nehmen ihren Teller und ihr Schüsselchen und tragen alles zur Spüle.

»Danke, das macht ihr toll.« Und heute fällt auch nichts zu Boden, sehr schön.

»Bitte, Daddy.« Im nächsten Moment sind sie wieder weg.

»Was wollt ihr backen?!«, rufe ich den Kindern hinterher, als ich den Tisch nochmals sauber wische.

»Sugar Cookies«, antwortet Lilly. »Hannah hat alles gekauft.«

Sugar Cookies? Die gab es zu Hause immer an Weihnachten. Das Rezept für die Kekse habe ich auf meinem Handy zwar rasch gefunden, doch noch während ich es lese, bricht mir der Schweiß aus. Ich soll Butter mit Zucker schaumig rühren? Wie soll denn das gehen?

»Kinder, ich hole kurz meinen Laptop, wir brauchen Hilfe«, erkläre ich Lilly und Lucas, als sie mit Mehl, Zucker, Äpfeln und Rosinen aus der Vorratskammer kommen. »Wartet hier kurz auf mich.«

»Komm, Lucas, wir brauchen noch ganz viele Sachen.« Lilly packt ihren Bruder an der Hand, als sie alles abgesetzt haben, und verschwindet wieder in der Vorratskammer. Obwohl ich nur zwei

Minuten weg bin, ist der Küchentisch inzwischen mit Reis, Haferflocken, Salatsoße und Bouillons vollgestellt. »Kinder, wir brauchen nur einen Teil davon. Hier steht: Butter, Zucker, ein Ei, Vanilleextrakt.«

Während ich die unnötigen Zutaten zurückstelle, öffnet Lilly die Küchenschränke. Wo der Mixer ist, weiß auch ich, aber bestimmt brauchen wir nicht alle Schüsseln, die dieser Haushalt besitzt. Kopfschüttelnd räume ich das meiste wieder zurück.

Doch dann sind wir bereit und sitzen alle vor meinem Laptop, auf dem wir uns auf Youtube ansehen, wie Butter schaumig gerührt wird.

»Hell, luftig-cremig und die Zuckerkristalle vollständig aufgelöst«, wiederhole ich, während ich dem Mann mit Kochmütze zusehe, wie er den Rührbesen hochhält und uns darauf hinweist, wie homogen die Masse ist.

*»Das kann bis zu zehn Minuten dauern«*, fügt er ernst an.

Wie bitte? So lange?

»Fang an, Daddy, fang an, ich will Kekse backen!« Lilly ist nicht zu halten.

Also dann, was kann schon schiefgehen?

## HANNAH

Das Dröhnen eines Staubsaugers weckt mich, aber ich will meine Augen nicht öffnen. Das Bett ist unglaublich weich und duftet herrlich. Außerdem ist heute Sonntag. Eine Tür schlägt zu, ich höre leise Stimmen, dann ist es wieder ganz ruhig, bis jemand über mir Möbel rückt. Willkommen im Hotel, denke ich amüsiert und schüttle den letzten Rest Schlaf ab. Wie spät ist es eigentlich? Ich greife nach meinem Handy, das ich auf meinen Nachttisch gelegt habe, und schalte es ein. Es ist bereits nach elf Uhr. Noch mehr erstaunt mich die Nachrichtenflut, die auf meinem Bildschirm aufpoppt. Von Cole?!

Ich klicke auf die erste, die kurz nach neun Uhr angekommen ist. Es ist ein Video.

»*Passt es so?*«, höre ich seine tiefe Stimme, als ich es abspiele.

»*Nein, Daddy, cremig schlagen, das ist noch ganz hart. Maria sagt, es muss schnell gehen und ganz weiß werden. So wie im Film.*«

»*War das weiß? Eher hellgelb, oder?*«, erkundigt sich Cole. Welcher Film denn? »*Dann mal weiter. Das Fitnessstudio kann ich mir heute sparen.*«

Das Fitnessstudio? Was machen sie denn? Lilly hält offenbar das Handy, denn sie schwenkt auf Lucas, der in die Kamera winkt, und dann auf eine

Schüssel und Cole, der so frech grinst, dass mein Herz einen Hüpfer macht und es gleichzeitig in meinem Bauch kribbelt.

Das Video endet. Cole geht es also wieder gut? Es freut mich. Gespannt öffne ich die nächste Nachricht, die eine halbe Stunde später geschickt wurde.

*»Sieht doch ganz gut aus, oder?«*

*»Ja, kommen jetzt die Schokostückchen dran?«*, fragt Lucas.

Lilly schwenkt auf ihren Bruder, der sich gerade eine Ladung in den Mund schiebt. Ich lache hell auf, als er die Backen aufplustert und dazu die Augen verdreht.

*»Du bist eklig! Daddy, sag Lucas, er ist eklig.«*

*»Wir brauchen keine Schokolade, du kannst sie essen«*, bemerkt Cole stattdessen.

*»Ja!«*, ruft Lucas, aber das Video stoppt.

Ich öffne das nächste und sehe, wie Cole den Teig in eine Klarsichtfolie zu wickeln versucht.

*»Daddy, das sieht toll aus!«*

*»Danke, Prinzessin. Ich hoffe, die Sugar Cookies schmecken später auch.«*

Das Video stoppt, es ist das letzte, keine anderen sind mehr eingegangen. Mein Herz schlägt mir mittlerweile bis zum Hals, ich bin total gerührt, dass Cole mit den Kindern backt. Oder macht er das öfter? Das habe ich überhaupt nicht erwartet. Es rückt Cole nochmals in ein anderes Licht, das mir unglaublich gut gefällt. Mir wird wieder viel zu heiß, besser ich gehe duschen.

Doch vorher schreibe ich zurück.

HANNAH: Ich bin beeindruckt, schmecken die Kekse?

COLE: Sag du es mir, ich bringe dir nächste Woche ein paar mit. Schönen Sonntag.

HANNAH: Danke. Euch auch.

Er will mir Kekse mitbringen? Also haben sie auch das Frosting bereits geschafft? Zu gerne wäre ich zu ihnen rausgefahren, aber natürlich mache ich das nicht.

Anstatt den Tag im Hotelzimmer zu verbringen, ziehe ich mich warm an und gehe zum nächsten Café, um dort zu frühstücken. Aber egal, welcher Trubel um mich herrscht, ich kann nicht aufhören, an Cole und die Kinder zu denken und mir zu überlegen, was sie gerade machen.

Als mein Handy klingelt, bin ich fast enttäuscht, Emilys Namen zu sehen. Wie blöd ist das denn? Ich kann über mich nur den Kopf schütteln. Betont heiter nehme ich ab. »Hey, ich wollte mich auch schon längst melden. Wie geht es dir?«

»Gut, viel zu tun, aber ich will mich nicht beklagen. Nur dir erzählen, dass es heute siebenundzwanzig Grad warm ist und der Pool meinen Namen ruft.«

»Du bist fies, weißt du das eigentlich?«

»Ja, ja, ich hör schon auf. Wie war deine erste Woche?«

»Sie war gut, ebenfalls viel zu tun. Wir sind nur zu dritt und meine beiden Kollegen arbeiten noch für eine andere Abteilung. Somit komme ich nicht so rasch mit dem Projekt voran, wie Cole es wünscht. Außerdem konnte ich nicht widerstehen, noch einige Hotels mehr auf unsere Liste zu setzen.«

»Oh, aber dann arbeitest du die meiste Zeit allein? Wird sich das bald ändern?«

»Ja, Anne meinte, ich bekäme bald Verstärkung. Sie hat mich zur Projektleiterin befördert.«

»Liegt auf der Hand.«

Ja, wenn ich die einzige Vollzeitkraft bin, sowieso. »Erzähl, wie weit seid ihr mit dem Hotel in Kalifornien? Hat Chase schon ein geeignetes Objekt gefunden?«

»Na ja, ob es geeignet ist, wissen wir noch nicht. Aber ja, es gibt einige Kandidaten.« Emily seufzt glücklich. »Hey, willst du unsere erste

Auswahl sehen? Bis jetzt sind es fünf Hotels. Ein Knackpunkt ist, dass Chase auf demselben Grundstück ein Haus für sich und seine Familie haben will.«

»Aber klar, sehr gerne! Und das ist ja eine tolle Idee. Aber wohl nicht leicht, etwas Passendes zu finden.« Ich kenne mich in Kalifornien leider auch gar nicht aus.

»Nein, aber das wird schon.«

»Da bin ich mir sicher.«

»Was hast du denn heute noch vor?«

Auf jeden Fall nicht zu Cole fahren. Kaum gedacht, geht eine neue Nachricht von ihm ein. Meine Wangen sind bestimmt ganz rot, aber da ich mit Emily telefoniere und nicht über Video spreche, sieht sie es nicht. »Ich wollte zum Möbelgeschäft, um mich inspirieren zu lassen«, bestimme ich spontan.

»Wie groß ist denn deine neue Wohnung? Lässt sie dir Platz für mehr Möbel?«

»Eigentlich nicht, aber das macht nichts, mehr Schnickschnack geht immer.«

»Oder Zierkissen. Weißt du noch, wie allergisch Chase auf sie reagiert?«

»Männer«, antworte ich gespielt empört.

»Genau, also Zierkissen gehen doch wirklich immer.« Ein lautes Räuspern erklingt. »Schon gut, ich gehe keine neuen kaufen«, ruft sie wohl ihrem

Mann zu. »Ich muss los, wir treffen uns bei meinem Schwager zum Barbecue.«

»Hier ist es heute saukalt.« Theatralisch stöhne ich auf.

»Selber schuld! Bis dann, pass auf dich auf!«

»Viel Spaß!«

Gespannt drücke ich sogleich auf Coles Nachricht.

*»Wir essen gleich Kekse, wir essen gleich Kekse!«*, jauchzt Lilly, während Cole den Teig kreisförmig aussticht. Coles Wangen sind gerötet, die Haare verwuschelt und ich glaube, darin auch Teigreste zu entdecken. Die Stirn hat er in Falten gelegt, offenbar muss er sich konzentrieren. Aber seine blauen Augen glitzern regelrecht. *»Beim dritten Versuch sollte ich ja langsam wissen, wie es geht.«* Er grinst dabei so stark, dass sich Grübchen auf seinen Wangen bilden. Ich sehe sie zum ersten Mal und wenn ich nicht schon sitzen würde, würden meine Beine nachgeben. Ich bin auf dem besten Weg, mich in meinen Chef zu verlieben. Das ist gar nicht gut. Und was soll ich auf das Video antworten? Ich schicke ein lächelndes Emoji mit Herzen und packe danach meine Sachen zusammen. Auf dem Weg zum Möbelgeschäft schickt mir Emily Unterlagen über die Hotels. Ich beschließe, gleich noch in einem Kopierladen Halt zu machen und mir alles auszudrucken. Somit ist mein Sonntag

gerettet, denn ich werde mich mit den Hotels in Kalifornien befassen und so gar keine Zeit haben, über Cole nachzudenken. Und morgen bei der Arbeit ziehe ich zurück in den dritten Stock. Der Lärm macht mir nichts aus, aber Coles Nähe schon.

# Kapitel 8

COLE

Als ich Mitte der Woche ins Büro in Chicago komme, fühlt sich das Wochenende wie eine ferne Erinnerung an. Am Montag musste ich für einen Tag nach L. A., eine nicht sehr erfreuliche, aber notwendige spontane Reise, und gestern war ich den ganzen Tag im Hotel.

Die Tatsache, dass niemand aus meiner Familie am Montag auf die Kinder aufgepasst hat, hat mich fast nervöser gemacht, als dass unser Regionalleiter aus L. A. die Bücher frisiert hat. Meine Tagesmutter Stella hat am Ende Überstunden gemacht, mein Glücksfall und doch keine Dauerlösung. Taylor, die mit mir nach Kalifornien geflogen war, hat eine Diskussion über mein

Privatleben zum Glück außen vor gelassen, aber natürlich muss ich etwas ändern. Dass mir die ganze Zeit Hannah im Kopf herumspukt, macht es nicht besser.

Kein Wunder, dass mein Blick, kaum dass ich aus dem Fahrstuhl in der Chefetage steige, auf ihre Bürotür fällt. Sie ist geschlossen, es ist erst sieben Uhr in der Früh, wahrscheinlich arbeitet sie noch gar nicht. Meine Assistentin fängt um acht Uhr an, die erste Sitzung eine halbe Stunde später und so geht es den ganzen Tag weiter. Für den späten Nachmittag hoffe ich auf eine Auszeit im Gym mit Rowan.

Doch dafür muss ich mich ranhalten. Meine Konzentration ist leider nicht die beste, denn während ich die Quartalsberichte nochmals durchlese, ertappe ich mich dabei zu lauschen, ob ich vor meinem Büro Stimmen höre. Nichts. Selbst als ich weiß, dass Shannon an ihrem Arbeitsplatz eingetroffen ist, bleibt es ruhig. Kurz vor dem ersten Meeting verlasse ich mein Büro. Wie erwartet macht sich auch meine Assistentin bereit. Hannahs Tür ist immer noch geschlossen.

»Guten Morgen, Cole.«

»Guten Morgen, Shannon.«

Sie zückt ihren Notizblock, von Tablets hält sie nicht viel, und begleitet mich in den neunten Stock, wo die Marketingabteilung liegt. Als sich die Aufzugtür auf unserer Zieletage öffnet, entdecke ich Hannah sofort. Sie steht nicht weit von mir, sieht zwei Mitarbeitern über die Schulter und zeigt ihnen gleichzeitig etwas auf dem Bildschirm vor ihnen. Als ob sie mich gespürt hat, hebt sie ihren Kopf. Unsere Blicke verhaken sich, einen Moment verschwimmt die Welt um mich herum. Nur wir beide existieren. Ich höre das Blut rauschen und mein Herz pocht viel zu rasch. Dann erreicht mich das laute Stimmengewirr der Abteilung, der intime Moment verfliegt.

Hannah wendet sich wieder ihrer Besprechung zu und auch ich schlage den Weg zum Zimmer des Abteilungsleiters ein. Als ob nichts passiert wäre. Es ist nichts passiert. Und es wird auch nichts zwischen uns laufen. Ich habe schlicht keine Zeit dafür. Dieses Wochenende hat mir gezeigt, was ich mir wünsche, doch der Alltag hat mich wieder fest im Griff.

Selbst für Clive Daniels, den Abteilungsleiter, habe ich überhaupt keine Zeit, aber ich muss. Denn er organisiert die Feierlichkeiten zum hundertdreißigjährigen Jubiläum der *Harris Hotels*.

Nachdem ich angeklopft habe, treten Shannon und ich gleich ein. Durch die gläsernen Wände seines Büros hat er uns bereits kommen sehen und ist hinter seinem Schreibtisch hervorgetreten.

»Cole, Shannon, nehmt bitte Platz.«

Getränke stehen auf dem Tisch, sodass wir direkt starten können.

»Deine Vorschläge sind zu kostspielig, wir müssen uns auf unser Haupthotel in Chicago beschränken«, dämpfe ich gleich Clives Enthusiasmus.

»Ich finde es wichtig, auch die anderen Hotels einzubeziehen. Würde es nicht das Zusammengehörigkeitsgefühl stärken, wenn wir in jedem Hotel eine Feier organisieren würden?« Sein Blick huscht von Shannon zu mir und zurück. Sie wird sich nie einmischen, auch wenn ich mir später Shannons Meinung abholen werde.

Und wie löblich von Clive, dass er unsere Werte anspricht, dabei übersieht er wohl, dass wir von über tausend Hotels weltweit reden. Gleichzeitig verstehe ich seine Begeisterung, hundertdreißig Jahre sind bemerkenswert. Und bestimmt will Clive nicht hören, dass ich auf keinen Fall unser Budget aufstocken kann, während ich gleichzeitig darauf warte, dass unsere Buchprüfer mir mitteilen, mit welchem Schaden ich in Kalifornien durch den Betrugsfall zu rechnen habe. Oder worauf ich mich noch gefasst machen muss. Das Wort Loyalität fühlt sich gerade fad in meinem Mund an. Und doch muss ich mich um eine Feier kümmern, am liebsten weltweit, und so tun, als ob ich alles im Griff hätte.

Obendrein höre ich Hannah lachen: sorgenfrei und glücklich. Mein Kopf schwenkt wie ferngesteuert zu ihr. Sie wirkt so vertraut mit dem jungen Mann, der wohl zu ihrem Team gehört und ihr jetzt freundschaftlich auf die Schulter klopft. Oder läuft da mehr zwischen ihnen? Eine Welle der Eifersucht erfasst mich, die ich sogleich zurückdränge. Es geht mich überhaupt nichts an, mit wem sich Hannah trifft oder nicht trifft. Dennoch mahlt mein Kiefer. Besser ich entspanne mich und konzentriere mich auf meine Aufgabe.

»Ich bin mit den Werbeartikeln einverstanden, die Feiern werden wir jedoch in einem kleineren Rahmen abhalten. Die Budgetvorgaben müssen eingehalten werden. Schick mir bitte einen überarbeiteten Vorschlag.« Clive wirkt wie erwartet nicht sehr glücklich über meine Anweisungen. »Es gibt gemeinnützige Projekte, die ich zu unserem Jubiläum zusätzlich mit einer großzügigen Spende im Namen der Gruppe unterstützen möchte«, ergänze ich.

Wir sind nicht die erste oder einzige Hotelgruppe, die sich gemeinnützig engagiert, doch ich spiele diese Karte praktisch nie aus. Heute sehe ich sie als einzigen Ausweg, um Clive rasch zu überzeugen, dass mein Weg der einzig richtige ist.

»Verstehe. Gut, ich rechne noch einmal alles

durch. Du bekommst meinen Vorschlag Ende der Woche.«

»Danke, das weiß ich zu schätzen.«

Wir verabschieden uns. Hannah entdecke ich nicht, als wir zu den Aufzügen gehen. Aber ich habe sowieso keine Zeit, mich mit ihr zu unterhalten. Die nächste Sitzung wartet und meine Laune sinkt ein weiteres Stückchen in den Keller.

Am späten Nachmittag im Gym habe ich meine fünf Meilen bereits abgespult, bevor Rowan eintrifft. Ich bin auf hundertachtzig und als ob ich vor meinen Problemen davonlaufen könnte, lege ich zum Ende noch einen Sprint hin. Etwas Dümmeres fällt mir nach meinem gesundheitlich bescheidenen Wochenende nicht ein, aber ich muss die Last auf meinen Schultern loswerden. Egal wie. Denn die Krise in Kalifornien ist größer, als ich gedacht habe. Fuck! Keuchend schalte ich die Geschwindigkeit am Laufband herunter und greife nach der Wasserflasche. Mein Herz rast, zwischen den Schlucken schnappe ich nach Luft.

»Muss ich heute noch einmal den Notaus-Knopf drücken?«, fragt Rowan trocken, sobald er mich erreicht hat.

»Nope.«

Während sich Rowan aufwärmt, überlege ich,

was ich ihm erzählen kann. »Ich habe das Gefühl, alles entgleitet mir«, gestehe ich, während ich vom Laufband steige und mich mit meiner Wasserflasche neben Rowans Laufband stelle. Er verlangsamt augenblicklich das Tempo, bis er komplett stillsteht.

Heute ist das Gym etwas voller als sonst um diese Zeit. Rowan lehnt sich zu mir. »Definier ›alles‹. Hat es mit Dixie zu tun? Nächste Woche werden die Kinder schon fünf.«

»Erinnere mich bloß nicht an Dixie. Denkst du wirklich, Lillys und Lucas' Geburtstag bedeutet ihr irgendetwas? Doch wenn ich mir vorstelle, dass sie plötzlich vor der Tür stehen könnte …« Nein, der Gedanke treibt meinen Puls wieder in die Höhe. »Ich glaube nicht, dass ich damit umgehen könnte.« Auch wenn ich Jahre darauf gehofft habe. Meine Gefühle, wenn es um Dixie geht, waren schon immer stark und gleichermaßen auf eine gute und schlechte Art. Aber ich habe keine Zeit, mich mit meiner Vergangenheit auseinanderzusetzen.

»Was entgleitet dir?« Rowan legt sich ein Handtuch um den Hals, bevor er sich über die Stirn wischt, dabei hat er kaum mit dem Training angefangen und schwitzt nicht einmal. Wohl ein Reflex, doch bei genauerer Betrachtung wirkt er heute angespannter als sonst.

»Deine Arbeit?«, hakt er nach.

»Ein Betrugsfall in Kalifornien, die Untersuchungen laufen. Mein Marketingchef will zum Firmenjubiläum in jedem Hotel weltweit feiern. Annies Projekt, die Boutiquehotels, stockt, weil wir statt Personal dafür zu rekrutieren, wahrscheinlich Entlassungen aussprechen müssen … Soll ich weitermachen?« Von Hannah habe ich noch gar nichts erzählt.

»Der übliche Wahnsinn also. Nichts, was du nicht in den Griff bekommst.«

»Zu welchem Preis?«, rutscht mir heraus.

»Hast du dir also immer noch keine Hilfe geholt?«

»Und was würde es bringen? Dass ich die Kinder noch weniger sehe?« Wütend stapfe ich zur Rudermaschine. Vielleicht hätte ich nach Hause fahren und ein paar Meilen im Pool schwimmen sollen, bis jetzt sehe ich jedenfalls keine Lösung am Horizont.

»Du machst dich kaputt, falls es dir noch nicht aufgefallen ist.« Rowan ist dicht hinter mir.

»Ich schaffe es schon, ich hätte nicht davon anfangen sollen.«

»So aufgebracht warst du schon lange nicht mehr. Wenn ich raten müsste, würde ich sagen, du hast jemanden kennengelernt.« Er hebt eine Augenbraue und verschränkt dabei noch die Arme.

Diesen herausfordernden Gesichtsausdruck würde ich ihm liebend gerne austreiben.

»Weil ich aufgebracht bin, habe ich jemanden kennengelernt? Was ist denn das für eine schräge Logik?«

»Also habe ich recht. Du streitest es nicht ab.« Sehr zufrieden mit sich, setzt sich Rowan neben mir an die Rudermaschine.

»Soll ich dir jetzt auch noch auf die Schulter klopfen und dir für deine kombinatorische Brillanz gratulieren?« Meine Frage trieft vor Sarkasmus.

»Tu dir keinen Zwang an.«

»Blödmann.«

»Gern geschehen.«

Wir lachen beide, bevor wir mit dem Training anfangen, aber ich stoppe abermals nach wenigen Minuten. »Es spielt keine Rolle.«

»Warum nicht? Mag sie keine Kinder?« Rowan fährt ungerührt mit dem Training fort.

»Doch.« Ich bin sicher, sobald ich heute zu Hause bin, werden mich Lilly und Lucas nach Hannah ausfragen, vor allem ob sie die Sugar Cookies gemocht hat, die ich mit ins Büro genommen habe. Ich habe sie ihr nicht mal gegeben.

»Aber?«

»Sie arbeitet für mich. Außerdem habe ich keine Zeit für eine Beziehung.«

»Lad sie zu Halloween ein. Hast du dein Kostüm?«

»Nein, ich hatte noch keine Zeit. Und die Kinder haben sie bereits eingeladen.«

»Dann kennt ihr euch also schon länger?« Die Frage, warum ich nichts gesagt habe, liegt unausgesprochen in der Luft.

»Nein, erst seit Kurzem und sie arbeitet für mich«, wiederhole ich.

»Warum hilft sie dir nicht mit dem Kostüm? Du scheinst es ja nicht mal zu schaffen, dir eines auszuleihen. Ob du überhaupt so kurz vor Halloween ein anständiges findest, ist allerdings die Frage …«

»Lass dein Gehör mal untersuchen: SIE ARBEITET FÜR MICH.«

»Aber du magst sie trotzdem.«

Ich gebe auf.

Nach einer Weile fragt Rowan nach: »Was bedeutet, sie arbeitet erst seit Kurzem für dich?«

»Zehn Tage?«

Abrupt stoppt mein Kumpel in seiner Bewegung und presst die Lippen aufeinander.

»Es ist nicht wie bei Dixie«, erkläre ich seufzend.

»Bist du sicher?«

»Ja, bin ich.« Auch bei Dixie war es keine Liebe auf den ersten Blick, eher eine Faszination und der Wunsch, dass es mehr sein könnte. Keine Ahnung, es spielt auch keine Rolle mehr, ich empfinde nichts für sie. Sowieso würde ich nie wieder so kopflos handeln wie damals. Natürlich nicht, ich kann es mir schlicht nicht leisten.

»Hannah ist ganz anders als Dixie: echt, ungefiltert, bodenständig. Sie erfreut sich an kleinen Dingen. Mein Reichtum … ich glaube nicht mal, dass er sie sonderlich beeindruckt oder überhaupt interessiert.«

»Das Gegenteil von deinen sonstigen Möchtegern Mrs Cole Harris'. Warum gibst du euch nicht eine Chance?«

»Einfach so?«

»Ja, einfach so.« Rowan ist selbst ein gebranntes Kind. Dass ausgerechnet er mich jetzt ermutigt, habe ich nicht erwartet.

»Danke.« Ich sage es viel zu wenig, dabei bin ich sehr froh, dass ich immer auf Rowan zählen kann. Auf alle meine Freunde, doch Rowan sehe ich nun mal am häufigsten.

»Nichts zu danken.«

»Was ist eigentlich mit dir? Wie läuft es mit der Fake-Verlobung?«

»Sie endet, wenn ich den Vertrag mit den Japanern abgeschlossen habe … Aber den Vertrag habe ich noch nicht.«

Ich glaube ihm nicht. Denn er rudert wie ein Besessener und sein kurzes Stocken ist mir nicht entgangen. Will er vielleicht gar nicht, dass seine Fake-Verlobung endet?

Nun, eines ist klar: Aktuell will er nicht darüber reden. Das nächste Mal ist er dran, wenn er nicht von selbst mit der Sprache herausrückt.

Ich stelle meine Füße in die Schlaufen und schlage dasselbe Tempo wie Rowan an. Nach einer Weile beginnen meine Probleme in den Hintergrund zu rutschen und ich kann wieder freier atmen. Gedanken an Hannah begleiten mich das ganze restliche Training. Dass ich bereits mehr für sie empfinde, kann ich nicht leugnen. Ich möchte sie noch näher kennenlernen, das ist keine Frage. Vielleicht hat Rowan recht und es ist ganz einfach.

Als ich nach einer Stunde zurück im Büro bin, stelle ich erleichtert fest, dass ihre Bürotür offensteht. Meine Chance.

# Kapitel 9

HANNAH

Abstand tut gut. Das rede ich mir jedenfalls seit Sonntag ein. Leider fand ich keinen freien Platz beim Kundendienst und somit hocke ich wieder in meinem Elfenbeinturm. Aber da Cole gar nicht im Büro ist, spielt es keine Rolle. Bis heute. Dass ich so stark auf ihn reagieren würde, hätte ich nicht gedacht. Aber ihn heute Morgen zu sehen und nicht einmal ein paar Worte mit ihm zu wechseln, hat ein Verlangen in mir geweckt, das ich nicht ignorieren kann. Doch was bedeutet das für mein Seelenleben und vor allem für meine Arbeit? Er ist mein Chef, mehr als eine Schwärmerei darf ich gar nicht zulassen. Und zu behaupten, dass ich mich in ihn verliebt hätte, ist viel zu vermessen und absoluter Blödsinn. Wenn ich vergesse, wo mein Platz ist, muss ich mir nur Taylors Zurechtweisung ins Gedächtnis rufen.

Nein, ich lasse meine Finger von Cole. Da draußen gibt es sicher einen Mann, der genau richtig für mich ist. Ich muss ihn nur noch finden. Warum nicht am Feierabend mit Valerie und Ari ein Glas Wein trinken gehen? Sie haben mir von einer Bar ganz in der Nähe erzählt, in der sich ein paar Arbeitskollegen abends treffen. Heute werde ich mich anschließen.

Doch als Cole kurz vor Feierabend in mein Büro tritt, wäre ich am liebsten aufgesprungen und hätte ihn geküsst. Mir ist wohl wirklich nicht zu helfen. Zu meiner Verteidigung sieht er in seinem dunkelblauen Anzug verboten gut aus. Seine blauen Augen wirken noch durchdringlicher, ich mag auch den leichten Bartschatten und dass seine Haare feucht wirken. War er im Gym? Mir Cole beim Training vorzustellen, beschleunigt meinen Puls rasend schnell.

Diese Gedanken sind mir hoffentlich nicht anzusehen, als ich ein professionelles Lächeln aufsetze. »Cole, hi, was kann ich für dich tun?«

»Ich wollte dir noch etwas geben. Bin gleich zurück.« Er verlässt mein Büro. Anstatt zu warten, gehe ich ihm hinterher. Shannon sieht nicht mal auf, als ich an ihr vorbeieile. Leise schließe ich die Tür hinter uns. Cole steht mittlerweile an seinem Schreibtisch und starrt gedankenverloren auf sein Handy, bevor er sich über die Stirn fährt.

»Schlechte Nachrichten?«

Als Antwort seufzt er tief, bevor er sein Handy weglegt. »Ja. Nein. Ich muss noch ein Kostüm für Halloween besorgen. Oh Mann, wie ich das hasse.« Er presst seinen Kiefer aufeinander, umrundet dann seinen Schreibtisch und zieht eine Schublade auf.

»Halloween? Verkleidest du dich etwa nicht gerne?« Langsam gehe ich auf ihn zu.

»Nein, tu ich nicht. Und das Einkaufen bereitet mir Bauchschmerzen. Es ist nicht nur, weil …« Als Cole aufblickt, rollt er mit den Augen. »Ich stehe nicht gerne in der Öffentlichkeit, jedenfalls nicht so«, erklärt er sich.

»Wie meinst du das? Als CEO gehört es doch zu deinem Job.« Ich kann ihm nicht folgen.

»Ich meine nicht meinen Job, sondern als begehrtester Junggeselle der Stadt betitelt zu werden«, presst er kaum verständlich hervor.

»Was?« Das ist alles? Obwohl ich verstehen kann, dass er nicht gerne als Objekt betrachtet wird, setze ich mich grinsend auf den Besucherstuhl vor seinem Schreibtisch.

»Sobald ich mich irgendwo blicken lasse, gehen die Gerüchte los. Zum Kotzen.«

»Aber, Cole, weißt du denn nicht, dass du keine Klatschmeldungen über dich selbst lesen sollst? Das ist Regel Nummer eins«, belehre ich ihn humorvoll.

»Regel Nummer eins … Hmm, komisch, ich dachte, das wäre eine andere.«

»Ach ja? Erzähl.« Ich lehne mich neugierig vor.

Doch er schüttelt den Kopf. »Gibt es auf deiner Liste eine Nummer zwei?«

»Nein, aber die Wahrheit ist nun mal, dass du ein sehr attraktiver Mann bist. Und dazu noch reich und mit zwei sehr süßen Kindern. Da ist es doch kein Wunder, dass dich viele Frauen wollen.« Übertrieben klimpere ich mit meinen Wimpern und forme meine Lippen zu einem Kussmund. Ich ziehe ihn auf.

Er beugt sich zu mir, ich sehe den Schalk in seinen Augen. »So? Aber du nicht?«

»Natürlich, ich auch. Hast du deiner Schwester nicht zugehört? Ich bin sehr durchtrieben, ich backe sogar für deine Kinder den Geburtstagskuchen, stell dir das mal vor.«

»Apropos.« Er greift in seine Schreibtischschublade und holt ein Säckchen mit Schleifen hervor. Ein bunt bemaltes Kärtchen in Herzform baumelt daran. »Hier, die sind für dich.«

»Sugar Cookies? Danke, du hast daran gedacht, welche mitzubringen.« Ich bin gerührt.

»Ja, ich habe dir die besten Videos geschickt. Alle anderen habe ich eigenhändig zerstört, sonst können sie noch gegen mich verwendet werden.«

Ich mag seine offene Art sehr. »Sieht doch super aus und ich bin sicher, sie sind sehr lecker. Vielen Dank.« Besser, ich verabschiede mich, denn der Kloß in meinem Hals wird immer größer.

»Willst du die Karte nicht lesen?«

Nein, besser, wenn ich allein bin. Aber da mich Cole auffordernd ansieht, öffne ich die Karte: Darin sind Cole, Lilly und Lucas als Strichmännchen abgebildet. Das kleine Mädchen hält ein Herz in der Hand, auf dem *Für Hannah* steht.

Ich weiß nicht, was ich sagen soll. »Das ist … ähm.«

»Nur eine Kleinigkeit.«

Es ist viel mehr als das.

»Ich muss dann los«, bemerkt Cole, dabei macht er keine Anstalten zu gehen. Vielleicht meint er auch, ich soll gehen, damit er arbeiten kann?

»Ja, natürlich, danke.« Auf zittrigen Beinen stehe ich auf und verlasse sein Büro. Ich will nicht gehen, will nicht nochmals Tage warten, bis wir uns wiedersehen. Als ich die Türklinke in der

Hand halte, drehe ich mich zu Cole um. »Möchtest du … Also, wenn du willst, können wir nachher zusammen zum Kostümverleih fahren. Ich muss mich auch noch um eine Verkleidung kümmern. Was wünschen sich die beiden eigentlich zum Geburtstag?«

Oder können wir uns nicht gemeinsam sehen lassen, weil Cole zu bekannt ist und die Klatschpresse uns eine Affäre andichten würde, wenn wir zum Verleih gingen?

»Vielleicht ist es doch keine gute Idee. Ich will nicht, dass du noch graue Haare bekommst, weil die Klatschpresse sich etwas zusammenreimt. Nicht dass ich glaube, dass wir sehr interessant sind, also ich bestimmt nicht, aber du kannst das sicher besser einschätzen als ich.« Ich brabble und sollte einfach gehen, bevor ich mich noch mehr zum Narren mache.

»Danke für dein Angebot, ich nehme es gerne an. Lass uns jetzt fahren.« Cole zögert keinen Moment, wirkt sogar erleichtert.

»Jetzt?!«

»Ja, es ist sowieso bald Feierabend.«

Für mich vielleicht, aber Coles Arbeitstag ist noch lange nicht vorbei. Doch er klappt bereits seinen Laptop zu und steckt sein Handy ein. Besser ich beeile mich.

Als ich meinen Mantel geholt habe und die Tür hinter mir zuziehe, wartet Cole im Vorzimmer auf mich. Neben seiner Laptoptasche hat er auch seine Sporttasche dabei. Also hatte ich recht, Cole war im Gym. »Shannon, ich muss noch zu einem Termin, leiten Sie meine Anrufe auf mein Handy.«

»Natürlich, Cole. Bis morgen.« Shannon sieht mich nicht mal an.

»Interessiert es sie gar nicht, was wir vorhaben?«, erkundige ich mich bei Cole, als wir im Fahrstuhl sind.

»Nein, Shannon ist keine Person, die tratscht. Sie hat schon für meinen Dad gearbeitet. Ich habe sie übernommen, als er sich hat pensionieren lassen.«

»Sie ist zudem sehr nett«, ergänze ich schmunzelnd.

»Ja, stell dir vor, nett und diskret, ein Glücksfall. Du warst ebenfalls Direktionsassistentin, warst du nicht nett und diskret?«, neckt er mich.

»Nun, natürlich habe ich nicht getratscht, aber es war halt so, dass mir extrem viele Leute alles erzählt haben. Das war dann ganz praktisch, wenn ich ein paar Informationen gebraucht habe. Aber ein Geheimnis ist bei mir sicher.« Und um es zu unterstreichen, hebe ich meine Hand, als ob ich im Zeugenstand stehen würde.

»Das habe ich mir bereits gedacht, sonst hätte ich dir auch nicht die Videos geschickt.«

»Oder mir deine Kinder anvertraut. Wie viel Überwindung es dich gekostet hat, kann ich nur erahnen. Ist es wirklich in Ordnung, dass ich den Geburtstagskuchen backe?«

»Natürlich, die Kinder werden sich freuen.«

Und seine Schwestern werden es nicht seltsam finden? Aber ich habe es versprochen und will Lilly und Lucas nicht enttäuschen.

Cole scheint einen Moment in Gedanken, aber als wir in der Garage ankommen, ist er wieder ganz bei mir.

»Also, wo müssen wir hin?«, fragt er und entriegelt bereits seinen Wagen.

»Ein großes Kostümgeschäft liegt im Norden. Hier im Zentrum habe ich auch welche gefunden, aber die sind kleiner und ich kann mir vorstellen, dass auch schon viele Kostüme weg sind.«

»Gut, dann fahren wir in den Norden.« Als wir am Auto angekommen sind, hält mir Cole einladend die Beifahrertür zu seinem Bentley auf. Ich kann mich noch sehr gut daran erinnern, wie viel Spaß es mir bereitet hat, selbst am Steuer zu sitzen. Das war erst vor ein paar Tagen, fühlt sich aber viel länger an. Nachdem Cole seine Taschen verstaut und hinter dem Steuer Platz genommen hat, schaltet er den Motor und auch gleich das Navi ein.

Auffordernd lächelt er mich an. Auf diesem engen Raum spüre ich das Knistern zwischen uns wieder sehr deutlich. Geht es nur mir so? Besser, ich konzentriere mich auf unseren Auftrag: Kostüme finden. Ich tippe die Adresse ein und lehne mich im Anschluss zurück. Statt auf der Fahrt aus dem Fenster zu sehen, hätte ich lieber Cole beobachtet. Sogar aus dem Profil betrachtet raubt er mir den Atem: markante Nase und Kinn, dunkle Haare, die ihm neckisch in die Stirn fallen, und seine Grübchen. Ich will sie wieder sehen. Dazu riecht er auch noch so unglaublich gut.

»Gehst du öfter am Nachmittag ins Gym?«

»Ja, eigentlich immer, wenn ich in der Stadt arbeite. Es ist gut zu Fuß erreichbar und liegt in einem Gebäude, in dem auch meine Freunde arbeiten. Eine gute Möglichkeit, in Kontakt zu bleiben. Und wenn ich während meines Nachmittagstiefs trainiere, kann ich später umso konzentrierter arbeiten.«

»Klingt gut.« Noch immer kann ich mir nur ausmalen, wie fantastisch er unter seiner Kleidung aussieht. Doch besser ich stelle ihn mir nicht nackt vor.

Zu spät …

»Das Gym ist nicht so deins?«

»Nein, ich bin lieber draußen in der Natur. Die Ausnahme ist Tanzen.«

»Tanzen?«

»Ja, mein Ex hat sich beim Paartanz gelangweilt, also habe ich mir Tänze für mich allein gesucht. Immerhin waren wir nach dem Kurs noch zusammen. Das schafft auch nicht jeder.«

»Du denkst, dass sich Paare nach einem Tanzkurs trennen?«, fragt er belustigt nach.

»Aber ja, das passiert ganz häufig. Tanzt du denn gerne?«

»Mit dir? Jederzeit.«

Dass Cole diese Aussage herausgerutscht ist, erkenne ich deutlich daran, dass er das Lenkrad viel fester umklammert als eben noch und jetzt stur geradeaus sieht. Er hätte die Aussage auch einfach weglachen können, ein Versprecher, der nichts bedeutet, doch er tut es nicht. Somit ist sie wahr und steht jetzt zwischen uns.

»Weißt du schon, als was du dich verkleiden willst?«, wechsle ich das Thema.

»Nein.«

»Ich bin mir auch nicht sicher, ich lasse mich am besten inspirieren. Als Kind hat meine Mom meine Kostüme genäht. Mein Dad hat sich meist ein Trikot seiner liebsten Hockeymannschaft angezogen, dazu durfte ich ihn schminken, wie ich wollte, und er hat auch eine Perücke getragen.«

Dad sah so lustig aus und er hat jeden Spaß mitgemacht, solange er das Trikot anziehen durfte.

»Ich habe meinen Schwestern Gummischlangen und Spinnen ins Bett gelegt. Taylor hat nicht mal mit der Wimper gezuckt, Liz ist kreischend durchs Haus gerannt und hat mir dann gedroht, dass mich ihr Freund verprügelt. Als ob er eine Chance gehabt hätte.« Cole zieht spöttisch einen Mundwinkel hoch.

»Habt ihr im Hotel Streiche gespielt?«

»Das war mein geheimster Wunsch, aber keiner von uns hätte es jemals gewagt. Die Hotels waren heilig, sind es heute noch.«

»Das Herzblut, das ihr reinsteckt, spürt man.«

»Das sehen leider nicht alle so. Wir sind da.« Sein Tonfall ist kühl und er weiht mich nicht ein, was er genau meint. Gibt es Ärger bei der Arbeit? Bevor ich Cole fragen kann, stellt er den Motor ab und steigt aus. Wenn wir privat miteinander umgehen, fällt es mir leicht zu vergessen, dass Cole ein CEO ist. Er trägt enorme Verantwortung, doch wenn er mir so wie jetzt augenverdrehend die Tür zum Laden aufhält und ich sogar noch erwarte, dass er eine Grimasse schneidet, sehe ich nur den Mann und kleinen Jungen, der in ihm schlummert. Den von den Videos, als er versuchte, Kekse zu backen. Ich mag ihn, ich mag ihn viel zu sehr.

Erfreut, dass Coles Verstimmung verflogen ist,

betrete ich den Laden. Er ist mit Kleiderständern vollgestellt. Hier werden wir bestimmt fündig.

»Hallo, kann ich Ihnen helfen?« Eine ältere Frau mit weißen, toupierten Haaren kommt sogleich hinter dem Verkaufstresen hervor. Sie trägt ein lilafarbenes, flatterndes Kleid und Sandalen. Etwas kühl für die Jahreszeit, aber der Laden ist ja schön warm.

»Wir suchen zwei Kostüme für Halloween.«

»Ein Partnerlook?«

»Ja, also …«

»Warum nicht?« Cole tritt neben mich, das Grinsen in seiner Stimme ist nicht zu überhören. Die Verkäuferin mustert ihn für meinen Geschmack zu lange. Aber vielleicht überlegt sie auch bloß, was zu uns passen könnte, und nicht, ob Cole Harris vor ihr steht, O-Ton: der begehrteste Junggeselle der Stadt.

»Sie sind etwas spät dran, aber hier drüben habe ich noch ein paar Kostüme, die passen könnten.«

Wir folgen ihr nach links, passieren ein Potpourri aus bunten Stoffen. Auf den ersten Blick erkenne ich kein System. Vielleicht sind die Kostüme nach Themen geordnet. »Danke, wir sehen uns mal etwas um.«

»Rufen Sie mich, wenn ich Ihnen behilflich sein

kann.« Die Frau entfernt sich, während wir die Ständer zu durchsuchen beginnen.

»Vorhin dachte ich, der Laden wäre ein einziges Chaos«, sage ich nach einer Weile, »aber das stimmt nicht. Das hier sind Esswaren. Schau mal, du kannst als knuspriges Hühnchen gehen und ich als Waffel.«

»Oder als Speck und Spiegelei?«, hält er dagegen.

Prustend toppe ich seine Auswahl mit Cracker und Käse oder Bierdosen einer lokalen Marke.

»Das hier hätte ich am College tragen sollen.« Cole hält einen Beutel mit Marihuana hoch – in Lebensgröße.

»Ich habe ein passendes Pärchenkostüm gefunden: übergroße Handschellen. Oder Barbie und Ken«, antworte ich kichernd.

»Darin werden wir frieren, ein Gorillakostüm passt viel besser.«

»Wirklich? Auf jeden Fall würde dich so niemand erkennen, kann also schon von Vorteil sein.« Aber es wäre schade, wenn sich Cole verstecken würde.

Wir suchen weiter. So lustig die Kostüme auch sind, sie passen nicht zu uns.

»Vielleicht sollte ich es wie dein Dad machen, ein Trikot anziehen, mich schminken und gut ist«, bemerkt Cole nach einer Weile.

»Du vergisst, dass *ich* ihn geschminkt habe, und ich war damals ein Kind. Überleg dir, was Lilly und Lucas machen würden, wenn du ihnen freie Hand lässt, und ob du das wirklich willst.«

»Guter Punkt.«

»Hier, ich hab was: Weihnachtselfen. Die sehen total niedlich aus. Wollen wir die mal probieren?«

»Niedlich?«

»Ja, die könnten passen. Los, ziehen wir die Kostüme an.« Wenn wir schon mal hier sind, können wir auch ein bisschen Spaß beim Verkleiden haben.

»Warte, das hier finde ich viel besser: Fred Feuerstein. Du könntest Wilma sein«, hält mich Cole auf.

»Klar, und barfuß durch Chicago laufen, passt ja hervorragend in die Jahreszeit«, stoppe ich gleich seinen Enthusiasmus. Da fällt mein Blick auf ein schwarzes, samtenes Kleid. Es wirkt lang, sodass ich ganz sicher hohe Schuhe oder aber auch Stiefel anziehen könnte. Die Ärmel sind aus Spitze und ebenfalls überlang. Das Kostüm gehört zu Morticia Addams von der Addams Family. Oh ja, das ist absolut perfekt. Denn außer dem Kostüm brauche ich nur eine schwarze Perücke, viel weißes Puder und knallroten Lippenstift. Ich kann das Kostüm sogar mit einem schwarzen Mantel kombinieren. Cole müsste bloß einen gestreiften

Anzug, ein weißes Hemd und eine Fliege anziehen, dazu noch die Haare gelen und einen feinen Schnurrbart aufmalen.

So einfach, aber auf keinen Fall will ich Cole meine Idee verraten, bis wir nicht wenigstens in ein paar Kostüme geschlüpft sind. Der Laden hat noch knapp eine Stunde offen, ich will die Zeit nutzen und ihn auch nochmals zum Lachen bringen.

# Kapitel 10

COLE

Hannahs Augen glitzern, als sie mir das Elfenkostüm reicht. Es sieht so lächerlich aus. Die Farbe ist noch das Beste daran, Rot und Grün, doch schon die übergroßen Filzschuhe und die Kappe sind zu viel des Guten, dabei habe ich in meiner Beurteilung die geringelten Strumpfhosen nicht mal berücksichtigt.

»Ist das dein Ernst?«

»Aber ja. Komm schon, deine Gelegenheit, deine trainierten Beine zu zeigen. Das Oberteil verdeckt sogar deinen Bierbauch. Also keine falsche Scham.«

»Ich habe keinen Bierbauch«, antworte ich

gespielt grimmig und plustere mich auch gleich auf. Soll ich noch meinen Bizeps anspannen?

Hannah lacht, bevor sie kopfschüttelnd zu den Kabinen geht. Das Gute am Elfenkostüm ist, dass ich ebenfalls Gelegenheit bekomme, Hannahs Beine zu sehen. Eigentlich ist das Kostüm sehr züchtig, ganz im Gegenteil zu den Kleidchen, die ich an einem Ständer entdeckt habe. Sie bedecken kaum etwas, sind wohl eher für Privatpartys gedacht. Bevor ich mir Hannah darin vorstelle, gehe ich mich lieber umziehen.

Hannah ist vor mir fertig. Sie steht vor dem Vorhang meiner Umkleidekabine und drängt mich rauszukommen. »Ich lache auch nicht, versprochen.«

»Als ich das letzte Mal Strumpfhosen getragen habe, war ich so alt wie meine Kinder.«

»Oh, das stelle ich mir sehr süß vor. Los jetzt, ich möchte noch andere Kostüme probieren und uns läuft die Zeit davon.«

Zur Krönung setze ich den Hut auf, tja, nein, ich sehe nicht besser damit aus. Mit einem schiefen Grinsen ziehe ich den Vorhang zur Seite und muss aufpassen, dass mir der Mund nicht offen stehen bleibt. Hannah sieht so niedlich aus, dass ich sie am liebsten eingepackt und mit nach Hause genommen hätte. Das ist jedoch nur mein erster Gedanke, denn im nächsten Moment stelle ich mir vor, wie sie ihre langen, schlanken Beine um meine Hüften legt, wenn ich tief …

Hannahs helles Lachen lässt meine unanständige Fantasie verpuffen. Sie versucht sich zu beruhigen, doch ihr laufen bereits die Tränen über die Wangen.

»Sehe ich also genauso lächerlich aus, wie ich mich fühle? Meinst du, ich kann unsere Nachbarn trotzdem erschrecken?« Ich setze einen grimmigen Blick auf, aber Hannah hält sich jetzt den Bauch. Keine Ahnung, was in mich gefahren ist, dass ich mich auf ein Bein stelle und eine Pirouette drehe, bevor ich wie eine Ballerina auf Zehenspitzen von rechts nach links hüpfe.

»Aufhören, hör auf, ich kann nicht mehr.« Hannah schwankt, wischt sich übers Gesicht und grinst mich dabei so glücklich an, dass ich zu ihr gehe und sie ohne darüber nachzudenken küsse. Zuerst versteift sie sich, doch dann küsste sie mich zurück. Ihre Lippen sind weich und schmecken süß, ich will mehr. Aber als sie leise seufzt und ihren Mund öffnet, stoppe ich dennoch.

»Endlich bist du still«, flüstere ich an ihre Lippen.

»Tut mir leid.«

»Mir nicht.« Damit meine ich den Kuss, der

sich verdammt gut angefühlt hat. »Welches Kostüm probieren wir als Nächstes?« Nur reden will ich nicht darüber, noch nicht.

»Du hast also noch nicht genug?«

»Nein, noch lange nicht.« Auch jetzt meine ich uns beide.

Hannah wohl auch, denn sie verpasst mir einen Schmatzer, bevor sie zum Kleiderständer zurückgeht. »Kommen die Elfen in die engere Auswahl?«

So, als ob ich darüber nachdenken müsste, lege ich eine Hand an mein Kinn und starre an die Decke. »Nein.«

»Das dachte ich mir. Also Speck und Spiegelei?«

»Damit ich mit einem erhöhten Cholesterinspiegel Angst und Schrecken verbreiteten kann?«, spotte ich. »Lass mich ein Kostüm aussuchen. Du hast offenbar keine Ahnung, worauf es ankommt.« Sanft dränge ich sie zur Seite, als sie sich auf die Zehen stellt und mir zuflüstert: »Wenn du nicht mein Chef wärst, würde ich dir sagen, dass du als Elfe sehr sexy Beine hast.«

»Danke, das kann ich zurückgeben.«

»Danke, und wenn du schon dabei bist, mir Komplimente auszusprechen, darf ich ja jetzt auch zugeben, dass ich absolut brillant bin.«

»So, wie kommst du darauf?«

»Ich habe längst das perfekte Kostüm für uns gefunden.«

»Was? Wo? Welches?«

»Zuerst ziehen wir noch ein lustiges an.«

»Warum?«

»Weil es guttut, einfach mal Spaß zu haben, oder?«

»Ich habe dich geküsst, das hat mir sehr viel Spaß gemacht und dafür brauche ich kein Kostüm.«

»Du vergisst, dass wir ernsthaft darüber reden sollten. Aber nicht jetzt.« Sie geht die Kleiderbügel durch, entfernt sich dabei von mir.

Ich gehe ihr nach. »Beim Abendessen? Freitag?« Das ist erst in zwei Tagen. Ich würde sie lieber früher sehen, aber ich habe keine Zeit.

»Ja, sehr gerne. Hier ist dein nächstes Kostüm.« Sie hält mir etwas Undefiniertes in Grün und Blau hin.

»Was ist das?«

»Flipflops«, presst sie hervor, während sie bereits wieder von einem Lachanfall geschüttelt wird. »Tut mir leid, ich hör gleich auf.«

»Besser, bevor du noch einen Schluckauf bekommst.«

Zu spät. Doch die Verkäuferin, die sich die ganze Zeit dezent im Hintergrund gehalten hat, eilt schon mit einem Becher Wasser zu uns.

»Danke … hicks … Das ist … hicks … sehr nett.« Hannah atmet aus, bevor sie den Becher in einem Zug leert. Der Schluckauf ist noch nicht vorbei, aber fast. »So, ich probiere jetzt meinen Flipflop.«

»Warte.«

Fragend dreht sie sich zu mir um.

»Deine Wimperntusche.« Zärtlich wische ich ihr mit dem Daumen über die Wange. »So ist es besser.« Die Röte, die ihr ins Gesicht steigt, ist nicht zu übersehen. Doch dass ich mich frage, ob es die einzige Stelle an ihrem Körper ist, wird mich noch in Teufels Küche bringen.

»Bis gleich.« Sie beißt sich auf die Lippe und errötet noch mehr. Ich bin wohl nicht der Einzige mit unanständigen Gedanken. Auch darüber sollten wir reden. Es dauert eine Weile, bis ich mich umgezogen habe. Wieder war Hannah schneller.

»Soll ich Sie fotografieren? Als Andenken?«, bietet uns die Verkäuferin an. »Sie sind so ein hübsches Paar.«

»Oh, ja … also …«, stammelt Hannah.

»Ja, gerne.« Ich hole mein Handy aus der Umkleidekabine und reiche es der Verkäuferin, bevor ich den Arm um Hannah lege und sie dicht an mich ziehe. Statt zur Kamera sehe ich zu

Hannah. Sie sieht zu mir auf, sehnsüchtig. Die Bedenken, die sich sofort einschleichen, wische ich beiseite. Dieser Moment gehört nur uns.

»Sehr schön. Wie lange sind Sie schon zusammen, wenn ich fragen darf?«

»Ganz frisch«, antworte ich schmunzelnd.

»Liebe auf den ersten Blick«, spielt Hannah mit und sieht mir dabei auf den Mund. Will sie mich küssen? Ich hätte absolut nichts dagegen.

»Eine junge Liebe ist etwas speziell Schönes. Bewahren Sie sich die Fähigkeit, zusammen zu lachen, dann kann gar nichts schiefgehen. Ich spreche aus Erfahrung, ich bin seit über vierzig Jahren verheiratet.«

Die Glocke an der Tür klingelt, neue Kundschaft betritt den Laden. Die Verkäuferin gibt mir mein Handy zurück, das ich wieder in die Umkleide lege.

»Also, welches Kostüm ziehen wir denn jetzt wirklich an?« Ich übergehe den Kommentar der Verkäuferin, auch wenn er einen wunden Punkt bei mir trifft. Mit Dixie war es nie so unbeschwert wie mit Hannah.

»Gefallen dir die Flipflops?«

»Geht so.«

Das Kostüm sieht sehr harmlos aus, da Shorts darunter getragen werden können, nur drückt sich der Stoff so eng an die Hüften, dass der Po einlädt, begrapscht zu werden. Jedenfalls geht es mir so und Hannah hat es wohl ebenfalls gemerkt, denn sie fängt an, zu *Macarena* zu tanzen. Sie sieht dabei so ulkig aus, dass ich mich dieses Mal kaum halten kann.

»Dein Handy klingelt!«

»Was?«

»Dein Handy klingelt.« Hannah wackelt ein letztes Mal mit ihrem Po und wirft mir dann eine Kusshand zu. Verrücktes Huhn.

Ich eile zur Umkleide, Liz ist dran. »Hey, was gibt's?«

»Ich wollte sehen, wie es dir geht. Taylor hat mir erzählt, dass du krank warst?«

»Am Wochenende.«

»Und eine Angestellte hat sich um Lilly und Lucas gekümmert? Wieso weiß ich nichts davon?«

»Du hast gearbeitet. Kann ich dich zurückrufen, wenn ich zu Hause bin?«

»Natürlich, du hast nichts im Kalender eingetragen, ich dachte, du wärst bereits zu Hause. Aber ich schätze, du hast mehr als genug um die Ohren. Hat dich Dad bereits angerufen?« Sie spielt auf die Krise in Kalifornien an.

»Nein, bis jetzt nicht.« Mein Dad mischt sich nicht in meinen Job und wenn es nach mir ginge, müsste er nicht mal vom Betrugsfall erfahren.

Aber natürlich wird er das. Ich kann es ihm nicht verschweigen. »Ich rufe dich später zurück.«

»Gut, hast du inzwischen ein Kostüm für nächste Woche?«

»Ja, habe ich. Aber ich verrate nichts.« Vor allem, weil ich selbst noch nicht weiß, was es ist.

»Du bist fies.«

»Und wenn schon. Bis später.«

»Bis später.«

Ich beende den Anruf und massiere mir die Schläfen. So rasch holt mich die harte Realität wieder ein.

»Hey, ist alles in Ordnung?«

»Natürlich, wo waren wir?« Ich stecke mein Handy in meinen Mantel und drehe mich dann zu Hannah um. Sprachlos starre ich sie an.

»Stell dir eine schwarze Perücke, glatt und langhaarig vor. Rote Lippen und weißen Puder. Sehe ich damit nicht genau wie Morticia Addams aus?« Sie dreht sich einmal im Kreis. Das samtene Kleid schmiegt sich perfekt an Hannahs Rundungen. Es ist zu lang, aber an den Füßen ausgestellt, sodass Schuhe mühelos darunter passen. Das Dekolleté ist ausladend, ich versuche nicht darauf zu starren, aber mein Körper hat eigene Ideen und ich merke, wie ich hart werde.

»Du siehst fantastisch aus.«

»Danke, es ist perfekt. Ich ziehe einen

schwarzen Mantel dazu an. Und das Beste, für dich benötigen wir nur einen Nadelstreifenanzug und eine Fliege. Ich zeige es dir.« Sie bewegt sich sehr geschmeidig zu ihrer Umkleidekabine. Besser, ich beruhige mich wieder. Aber das ist gar nicht so einfach. Hannah kommt mit ihrem Handy zurück und hält es mir unter die Nase.

»Hier, so. Ganz einfach, oder?«

Obwohl die Unförmigkeit meines Kostüms verhindert, dass Hannah mir zu nahe kommt, springen alle meine Sinne sofort auf sie an.

»Ganz einfach«, gebe ich ihr Recht, als ich Gomez Addams betrachte.

»Willst du dir hier einen Anzug ausleihen?«

»Nein, das ist nicht nötig.« Einen gestreiften Anzug kann ich leicht bei meinem Schneider bestellen. »Dann sind wir hier fertig?«

»Ja, sind wir.«

»Danke.«

»Sehr gern geschehen.« Keiner rührt sich. Wir sollten uns umziehen, ich muss nach Hause fahren, die Tagesmutter ablösen. Stattdessen möchte ich Hannah nochmals küssen. Als ich mich langsam zu ihr beuge, kommt sie mir entgegen. Dieses Mal tauche ich in Hannahs Mund ein, als sie ihn öffnet. Hitze schießt augenblicklich durch meinen Körper und ich werde wieder hart. Hannah klammert sich an meine Schultern, die

Dringlichkeit, sie an mich zu ziehen, wird immer größer. Als wir beide leise stöhnen, beenden wir keuchend den Kuss. Sanft streiche ich mit dem Daumen über ihre Unterlippe, ich will sie. Und sie will mich auch. Die Begierde in ihren Augen spiegelt meine wider.

»Freitag?« In meiner Frage steckt so viel mehr als die Einladung zu einem Abendessen.

»Ja, Freitag.« Sie leckt sich über die Lippen, weiß offenbar nicht, wie sehr sie mich anturnt. »Ich geh mich umziehen.«

»Bis gleich.« Am liebsten wäre ich mit ihr in die Umkleidekabine gegangen, eine schöne Fantasie. Stattdessen ziehe mich rasch um und warte an der Kasse auf sie.

»Hast du alles?« Als ich meine Kreditkarte zücke, schüttelt Hannah vehement den Kopf.

»Du glaubst doch nicht, dass ich dich bezahlen lasse! Außerdem revanchierst du dich bereits mit einem Essen.«

»Sieh es als Geschenk an.«

Offenbar will sie sich nicht streiten und lässt mich doch bezahlen.

»Happy Halloween«, wünscht uns die Verkäuferin strahlend, als sie uns das Kostüm überreicht.

»Danke.«

Wir verlassen den Laden.

»Sind deine Möbel aus Texas bereits eingetroffen?«, erkundige ich mich, als ich ihr die Beifahrertür aufhalte.

»Nein, ich wohne noch im Hotel. Sie sollten nächste, spätestens übernächste Woche, ankommen. Obwohl es mir sehr gefällt, in eurem Hotel zu wohnen, kann ich es nicht erwarten, meine eigenen vier Wände zu beziehen.«

»Verständlich. Aber es freut mich, dass dir unser Hotel gefällt.«

»Natürlich, es ist wundervoll.«

Zufrieden schließe ich die Tür, umrunde den Wagen und steige ein. Der Abendverkehr ist viel zäher als noch vor einer Stunde. Wir kommen nur langsam voran.

»Ich schicke dir nachher noch die Adresse vom Restaurant. Hast du Allergien oder etwas, was du nicht magst?«

»Nein, eigentlich nicht. Was ist mit dir?«

»Ich mag keine Innereien.«

»Die esse ich auch nicht, oh, und bei französischer Küche muss ich auch passen, also falls sie zu exotisch ist«, fällt ihr noch ein.

»Es ist ein Steakhaus, das beste der Stadt.«

»Perfekt.«

Hannah auszuführen, wird aus den bekannten Gründen ein Drahtseilakt. Doch ich kenne einige Restaurants mit privaten Räumen, so auch dieses, das ich im Kopf habe. Aber bereits auf dem Weg zum Hotel überlege ich mir, Hannah etwas ganz Spezielles zu zeigen. Einen Ort, den nur meine Familie und Freunde kennen: meine Stadtwohnung. Hannah wäre die erste Frau, die ich dorthin ausführe. Dennoch gefällt mir die Idee. Denn sie fühlt sich richtig an.

# Kapitel 11

HANNAH

Freitagabend und ich bin ein Nervenbündel. Soll ich das rote oder lieber das schwarze Kleid anziehen? Ich war extra in einem Fachgeschäft einkaufen und trotzdem bin ich jetzt nicht sicher, ob mich die Verkäuferin gut beraten hat. Ich drehe mich im schwarzen Kleid nach rechts und links, versuche im Spiegel einen Blick auf meinen Po zu erhaschen. Sieht er nicht viel zu groß aus? Also doch das Rote? Das hat mir aber vorhin die Luft abgeschnürt.

»Jetzt beruhige dich endlich«, rüge ich mich selbst. Das Problem ist nicht das Kleid, sondern die Tatsache, dass Cole und ich über unsere Küsse reden müssen. Und was sie zu bedeuten haben.

Was ich gerne möchte, dass sie bedeuten. Die Funkstille zwischen unseren Treffen macht mich ganz kirre. Ich kann nicht aufhören, an ihn zu denken, aber weder höre ich von ihm, noch sehen wir uns. Offenbar steigert das nur mein Verlangen nach ihm, anstatt es abflauen zu lassen.

Als es an meiner Tür klopft, muss ich mich beherrschen, sie nicht aufzureißen und Cole in mein Zimmer zu zerren.

Er begrüßt mich mit: »Du siehst großartig aus.« Dabei sieht er mir in die Augen, mein Kleid scheint ihn gar nicht zu interessieren.

»Danke.« Auch ich kann meinen Blick nicht von ihm nehmen. Dass Cole dunkle Anzüge hervorragend stehen, habe ich bereits gewusst, aber heute rieche ich ihn noch intensiver als sonst. Ich will ihn unbedingt zur Begrüßung küssen – oder sollten wir besser zuerst reden? »Ich muss nur noch meinen Mantel holen.«

»Den brauchst du nicht.«

»Nein?«

»Nein.« Er reicht mir die Hand und verschränkt unsere Finger, als ich sie ergreife. Meine Haut prickelt, eine wohlige Wärme breitet sich in mir aus. »Wohin gehen wir?«

»An einen ganz speziellen Ort«, erklärt er mir mystisch, lässt mich meine Tasche nehmen und mein Zimmer absperren und führt uns danach zum Fahrstuhl. Während wir warten, küsst er meinen Handrücken. Die Geste ist so intim, mein Dad benutzt sie, wenn ihm die Worte für meine Mom fehlen. Ich schlucke und versuche den Strudel an Gefühlen in mir unter Kontrolle zu bringen.

Der Aufzug ist da, Cole drückt den Knopf für das Erdgeschoss.

»Essen wir im Hotel? Natürlich, sonst hätte ich ja einen Mantel mitgenommen.« Ich bin nervös.

Cole lächelt nur vor sich hin, während ich immer hibbeliger werde. In der Lobby angekommen, schlagen wir nicht den Weg zu den Restaurants ein, sondern gehen in die entgegengesetzte Richtung. Vor einer Aufzugstür, die dasselbe dunkle Muster wie die Wandvertäfelung besitzt, bleibt Cole stehen. Er legt seine Hand auf ein dunkles Lesegerät und lässt damit die Tür aufgleiten. Im Aufzug selbst gibt es keine Knöpfe oder Tastenfelder. Ich spüre nicht einmal, dass sich der Aufzug bewegt, wie ist das möglich? Auf einmal gleiten die Türen wieder auf und mein Blick fällt in einen hellen Eingangsbereich. Cole deutet mir an, vorzugehen.

»Wo sind wir?«

Der Eingangsbereich mündet in ein riesiges Wohnzimmer. Die Möbel sind weiß, der Boden dunkel. Links von mir befindet sich eine offene

Küche, rechts ein Esszimmer mit einem Tisch für zwanzig Personen, zwei Plätze sind gedeckt. Eine geschwungene Treppe führt in den oberen Stock.

»Wir sind in meiner Stadtwohnung. Sie befindet sich im Westflügel des Hotels.«

»Wow.« Ich betrete das Wohnzimmer und drehe mich einmal um mich selbst. Als ich Kinderzeichnungen am Kühlschrank entdecke, geht mein Herz auf. »Ich mag es, dass du überall Lillys und Lucas' Zeichnungen aufgehängt hast.«

»Die beiden sind mein Ein und Alles«, erklärt er und geht direkt zur Küche.

»Und du hast keine Angst, sie könnten die weißen Möbel ruinieren.« Ich folge ihm, setze mich an den Küchentresen, während Cole eine Champagnerflasche aus dem Kühlschrank nimmt.

»Wir sind nicht so oft hier.«

Ich bin mir sicher, dass es ihm egal wäre, wenn die Kinder die Wohnung dreckig machen würden.

»Wieso sind wir heute hier?«

»Weil wir offen reden sollten. Über uns.«

»Hast du vielleicht ein Bier da?« Champagner steigt mir viel zu rasch zu Kopf.

»Natürlich.« Cole stellt die Flasche zurück, greift nach zwei Flaschen Bier und öffnet beide. »Möchtest du ein Glas?«

»Nein, danke.«

Wir stoßen an und lassen uns nicht aus den Augen, als wir beide vom Bier trinken.

»Hast du deinen Anzug für Halloween?«

»Ja, mein Schneider wird Montag fertig sein. Du rettest mich, danke.«

»Gern geschehen. Ich kann dich auch schminken, das wird ein Spaß.«

»Mich zu schminken?«

»Eigentlich der ganze Tag. Ich habe am Einunddreißigsten meist gearbeitet, aber wir durften uns im Hotel wenigstens verkleiden. Meinem Ex-Boss in Clark war es egal, was wir taten. Er war der schlechteste Chef, den du dir vorstellen kannst. Nur dank Emily habe ich es dort überhaupt so lange ausgehalten.«

»Was hat ihn zum schlechtesten Chef gemacht?«, erkundigt sich Cole. Er wirkt kühler als gerade eben, stellt er die Frage aus beruflichem Interesse?

»Nun, zum einen war er immer dann im Urlaub oder unpässlich, wenn wir besonders viel Arbeit hatten. Er hat sich nie bedankt und uns nie gelobt. Und nachdem wir uns für ihn den Allerwertesten aufgerissen haben, hat er die Lorbeeren eingestrichen.«

»Tut mir leid.«

»Das muss es nicht, es war eine Erfahrung.«

»Lass uns anstoßen.«

»Worauf?«

»Auf uns«, beschließt Cole. Sein Lächeln ist zurück, schätze, er wird mir gleich sagen, was er sich unter »uns« vorstellt. Ich weiß ganz genau, was ich mir wünsche: alles.

## COLE

Meine Selbstbeherrschung hängt am seidenen Faden. Dass ich Hannah die letzten zwei Tage nicht gesehen habe, tut unserer Anziehung überhaupt keinen Abbruch. Ganz im Gegenteil, ich habe das Gefühl, dass es jedes Mal schwerer wird, meine Finger von ihr zu lassen. Bis jetzt haben wir uns nur geküsst, nicht besonders lang oder tief, aber nur weil wir in der Öffentlichkeit waren. Doch die Luft um uns herum knistert so stark, dass ich Mühe habe, mich zurückzuhalten. Schon sehr lange hat mich keine Frau mehr so im Bann gehalten wie Hannah. Seit Dixie gab es für mich nur One-Night-Stands in fremden Städten. Aber Hannah ist keine Frau für eine Nacht. Sie berührt etwas tief in mir, das ich tot geglaubt habe. Wenn ich ihr jetzt offenbare, dass ich mir eine Zukunft mit ihr vorstellen könnte, wird sie bestimmt das Weite suchen. Zu Recht, es ist zu früh, über solche

Dinge zu sprechen, wir kennen uns noch nicht besonders gut, zudem hat sie alles zu verlieren und ich nichts. Also beiße ich mir auf die Zunge und trinke einen Schluck. Sie nippt an ihrem Bier, lässt immer mal wieder ihren Blick schweifen, Hannahs Nervosität ist mit den Händen zu greifen. *Auf uns …*

»Du siehst heute sehr hübsch aus.« Das schwarze Kleid steht ihr hervorragend, der hohe Kragen macht mich wahnsinnig, weil er die Stelle an ihrem seitlichen Hals verdeckt, an der ich sie küssen möchte. Die Ärmel sind züchtig lang, doch der Stoff schmiegt sich perfekt an Hannahs Kurven. Am liebsten würde ich es Zentimeter für Zentimeter hochschieben und jedes Stückchen Haut, das ich freilege, mit Küssen bedecken. Befindet sich der Reißverschluss am Rücken oder zieht sie sich das Kleid einfach über den Kopf? Da meine Kehle dank meiner Fantasien staubtrocken ist, trinke ich mein Bier in einem Zug aus.

Hannah hebt amüsiert eine Augenbraue.

»Die Anziehung zwischen uns treibt mich an meine Grenzen«, erkläre ich mein Unvermögen, eine normale Konversation zu treiben. Hannah verschluckt sich prompt, war meine Direktheit zu viel? Sachte klopfe ich ihr auf den Rücken.

»Geht schon wieder.«

»Entschuldige, ich weiß ehrlich gesagt nicht … Ich war noch nie in so einer Situation.«

»Ich auch nicht.«

Etwas ratlos sehen wir uns an. Vorsichtig strecke ich meine Hand aus und fahre über Hannahs Wange. Sie sieht mir tief in die Augen, bevor sie sich in meine Hand schmiegt. Aber im nächsten Moment legt sie ihre Arme um meinen Nacken, kommt auf mich zu und küsst mich. Wir halten uns beide zurück. Als ob wir Angst davor haben, dass wir den nächsten Schritt nicht rückgängig machen können. Nein, es ist keine Angst, es ist Ehrfurcht. Hannahs Griff wird fester, sie öffnet ihren Mund und als ich ihre Zunge an meinen Lippen spüre, ergreife ich ihre Taille, ziehe sie eng an mich und verliere mich dabei in ihrem Geschmack. Ihre Hände krallen sich in mein Haar, während unsere Zungen immer ungestümer tanzen und dabei um die Vorherrschaft kämpfen. Zugleich drängt Hannah ihren sündigen Körper an meinen, ich will sie Haut auf Haut spüren, verdammt, ich bin so hart, dass ich Hannah am liebsten hochheben und in mein Schlafzimmer tragen würde. Wir stöhnen gleichzeitig auf, als ob wir diesen Gedanken geteilt hätten.

Ein Klingeln unterbricht uns – das Essen ist da. Atemlos beenden wir unseren Kuss, halten uns jedoch immer noch fest. Hannahs Fingerspitzen elektrisieren mich. Als sie unter mein Jackett fährt und nur noch mein Hemd sie davon trennt, meine Haut zu berühren, ringe ich um meine Fassung. Ein letzter Kuss. »Der erste Gang unseres Abendessens ist da.« Meine Stimme klingt rau.

»Gut. Ich verhungere.« Sie küsst mich noch einmal, hat wohl mich und nicht die Vorspeise damit gemeint. Ihre Hände wandern zu meinem Gesicht. Ein ungläubiger Ausdruck liegt in ihren dunklen Augen, als sie mir mit dem Daumen über die Unterlippe fährt. Ich weiß genauso wenig wie sie, was hier passiert. Spontan ergreife ich ihre andere Hand und lege sie auf meine Brust. Spürt sie mein Herz? Es schlägt für sie so stark. Ein Lächeln huscht über Hannahs Gesicht.

Es klingelt ein zweites Mal. »Ich bin gleich zurück.«

»Ich gehe nirgends hin, keine Angst. Schließlich hast du mir ein Abendessen versprochen und Liebe geht ja bekanntlich durch den Magen.« Hannahs Tonfall ist neckisch, sie versucht ihre Nervosität zu überspielen. Ich kann es ihr nicht verdenken, mir geht es ebenso.

Während ich zum Fahrstuhl gehe und ihn entriegle, höre ich Hannahs Schuhe auf dem Parkett. Als ich mich umdrehe, steht sie an der Bilderwand in der Nähe der Wendeltreppe. Es ist der entfernteste Punkt zum Fahrstuhl. Vielleicht interessiert sie sich wirklich für die Fotos – ich vermute eher, dass sie nicht gesehen werden will. Auch etwas, worüber wir reden sollten.

»Guten Abend, Sir.«

»Guten Abend, Alonso. Bitte.«

Der Kellner fährt mit dem Servierwagen zum Esstisch und serviert die Vorspeise. »Danke, den Rest kann ich selbst machen.«

»Sehr wohl.« Alonso zieht sich zurück, aber erst als sich die Aufzugtür schließt, kommt Hannah zu mir. Sie wollte also wirklich nicht gesehen werden.

Galant rücke ich ihr den Stuhl zurecht und hebe die silberne Abdeckung vom Teller. »Morchelsuppe mit Kreuzkümmel und gebratenen Vitelotten. Guten Appetit.«

»Danke, schmeckt bestimmt köstlich. Wir trinken Wein dazu?«

»Einen Chardonnay aus dem Südtirol.« Ich schenke uns beiden ein, setze mich und warte, bis Hannah mit der Suppe begonnen hat. Sie schließt verzückt die Augen, ihr Lächeln will ich heute den ganzen Abend sehen. *Bist du verliebt? So rasch?* Ich will nicht darüber nachdenken, oder darüber, was das letzte Mal passiert ist, als ich meinen Gefühlen blind gefolgt bin.

»Die Suppe ist hervorragend.«

»Das freut mich.«

»Ich kann kaum glauben, dass wir uns immer noch im Hotel befinden.«

»Ja, als wir es vor Jahren umgebaut und renoviert haben, bot es sich an, aus diesem Teil eine Stadtwohnung zu machen. Ich bin öfters zu Wohltätigkeitsgalas oder Banketten eingeladen, dann ist es ganz praktisch, hier zu schlafen.«

»Also hast du abends doch Hilfe mit den Kindern? Ich hatte schon ein schlechtes Gewissen, dass du für unser Essen euren gemeinsamen Abend opferst.«

Einen Moment bin ich sprachlos.

»Also, ich meine … ich weiß, wie wichtig dir deine Zeit mit Lilly und Lucas ist.«

»Ja, Maria, meine Köchin bleibt über Nacht.«

»Deine Köchin? Die, die kürzlich verreist war?«

»Genau.«

Nachdenklich sieht Hannah auf ihren Teller. »Warum hast du keine Nanny engagiert? Also, ich meine …«

»Ich weiß, was du meinst. Ich will es nicht. Lilly und Lucas sollen nicht zu viel Zeit mit fremden Menschen verbringen. Ich will nicht, dass sie sich abgeschoben fühlen.«

»Das finde ich sehr löblich, aber ist es nicht sehr stressig für euch alle, wenn immer mal jemand ad hoc einspringt?« Hannah legt ihre

Serviette auf den Tisch, als ob sie gehen will. Es gefällt mir überhaupt nicht, wie sich der Abend entwickelt.

»Ich sorge dafür, dass es kaum passiert.«

»Indem du dich vierteilst?«

»Es ist alles bestens, keiner kommt zu kurz.«

»*Du* kommst zu kurz.« Besänftigend legt sie ihre Hand auf meine und drückte sie. Meine Wut verpufft augenblicklich. »*Du* bist auch wichtig.«

»Ich will kein Dad sein, der seine Kinder kaum sieht. Das wollte ich noch nie. Wenn ich könnte, würde ich mehr Zeit mit ihnen verbringen«, gestehe ich. »Wenn ich mir zusätzliche Hilfe hole, wird mich meine Arbeit noch mehr vereinnahmen, aber so bin ich gezwungen, meine Kinder zu priorisieren.«

»Ich verstehe dich, nur bist du nun mal auch der CEO eines Milliardenunternehmens und trägst die Verantwortung für Tausende von Menschen. Das willst du doch auch.«

»Bei meinen Eltern sah alles immer so einfach aus.« Das habe ich noch nie laut ausgesprochen. »Sie hatten einander, fünf Kinder und die Hotels. Aber als mein Dad uns mitgeteilt hat, dass er sich frühzeitig zur Ruhe setzt …« Verdammt, wie sind wir auf dieses ernste Thema gekommen? Ich habe diesen Abend ganz anders geplant. »Ich habe mich komplett überrumpelt gefühlt«, gestehe ich.

»Verständlich. Nichtsdestotrotz finde ich, dass du ein toller Chef bist und deine Hotels …« Hannah seufzt verzückt. »Soll ich dir nochmals von Austin vorschwärmen?« Sie klimpert übertrieben mit ihren Wimpern und bringt mich so zum Lachen.

»Aber immer, mein Ego verträgt noch ein paar Streicheleinheiten.« Die schwere Stimmung löst sich auf.

»Hmm, mal überlegen.« Sie tippt sich an ihr Kinn, sieht zur Decke, als ob sie wirklich angestrengt nachdenken würde, aber dann steht sie auf, beugt sich zu mir und küsst mich. »Du bist ein toller Mann und ich bin sehr froh, dass ich dich kennenlernen darf.«

»Danke, du bist eine tolle Frau. Das dachte ich bereits, als wir uns das erste Mal in San Antonio begegnet sind.«

»Ach ja? Ich habe es nicht gemerkt.«

»Das war auch besser so.«

Ich küsse sie zurück. Das hier fühlt sich so verdammt richtig an.

## HANNAH

Der Hauptgang besteht aus einem butterzarten Filet an Wintergemüse und einer köstlichen Pfeffersoße. Auch dazu wird Wein serviert.

»Deine Eltern befinden sich also auf Weltreise?« Cole hat so etwas erwähnt. Ich kann das Thema über sein Pensum noch nicht loslassen, nur dieses Mal muss ich meine Fragen bedachter platzieren. Ich will ihn nicht noch einmal verärgern.

»Schon ein ganzes Jahr, im Moment sind sie in Thailand. Davor waren sie in Japan, Australien, Neuseeland.« Cole klingt teilnahmslos, als ob er Fakten aufsagt. Ich habe extra gewartet, bis wir mit dem Essen fast fertig sind, denn wie befürchtet schiebt er sein Besteck zur Seite, als ob ihm der Appetit vergangen ist.

»Unglaublich, dass sie so einfach loslassen können.«

»Ja, das ging erstaunlich reibungslos.«

Aha, es gefällt ihm nicht oder wie soll ich seinen verkniffenen Mund deuten? »Wie ist es abgelaufen? Hat dir dein Dad eines Morgens eröffnet, dass er den Stab an dich weitergibt, und ist gegangen?«

»Ja, fast. Er hat uns alle aufgebaut, es war klar, dass meine Schwestern und ich die Hotels übernehmen werden. Nur hatte ich ehrlich gesagt gedacht, dass es später passieren würde. Aber mein

Dad war überzeugt, dass es der richtige Zeitpunkt war.« Nachdenklich schwenkt er sein Weinglas.

»Ich rechne fest damit, dass mir meine Eltern an Thanksgiving eröffnen, dass sie ihr Geschäft verkaufen und meiner Tante nach Florida folgen. Und nicht nur für den Winter.« Absichtlich lenke ich das Thema zurück auf mich. Cole hebt erstaunt den Kopf. »Mabel kann sehr überzeugend sein.« Ich nicke vehement, um es zu unterstreichen.

»Ist sie die Schwester deiner Mom oder deines Dads?«

»Meiner Mom und obwohl sie die Ältere ist, ist sie die Unkonventionellere. Meine Eltern besitzen ein Immobilienbüro. Onkel Stan, der Bruder meines Dads, ist Handwerker und restauriert alte viktorianische Villen, die meine Eltern verkaufen. Mabel ist für die Innendekoration zuständig.«

»Klingt alles ganz harmlos.«

»Ja, nur dass sie sich auch mal viktorianisch kleidet und am liebsten die Häuser auch so einrichten würde. Sie fällt immer mal wieder etwas aus der Zeit. Die Häuser gehen dank ihr aber weg wie warme Semmeln. Die Käufer lieben sie.«

»Wieso denkst du, deine Eltern geben das Geschäft auf?«

»Weil wir uns schon länger nicht gesprochen haben.«

Verwirrt sieht mich Cole an.

»Es ist so, dass wir uns sehr nahe stehen, wichtige Dinge aber immer persönlich besprechen und nicht am Telefon. Wenn wir uns also länger nicht sprechen, ist was im Busch. Ich werde es Thanksgiving erfahren, wenn ich nach Philly fliege.«

Auch ich habe meinen Eltern einiges noch nicht erzählt, zum Beispiel dass ich inzwischen in Chicago lebe. Meine Familie wird Augen machen.

Cole schüttelt den Kopf, bevor er auflacht. »Ihr seid alle ziemlich originell.«

»Natürlich, aber das bist du doch auch.« Ich stoße mit Cole an und lächele ihm dabei glücklich zu. »Darf ich dir etwas verraten?« Verschwörerisch beuge ich mich zu ihm.

»Deine Schwäche? Ich bin ganz Ohr.« Er grinst verschmitzt.

»Du. Du bist meine Schwäche. Auch schon seit San Antonio. Und ich dachte nicht, dass ich das jemals laut aussprechen würde.« Den letzten Satz flüstere ich. Unsere Lippen befinden sich nur noch wenige Zentimeter voneinander entfernt. Cole streicht mir wieder über die Wange, ich wusste nicht, wie sehr es mir gefällt, wenn er das tut. Auch ihn zu küssen, kann ich ab jetzt zu meinen liebsten Tätigkeiten zählen.

»Hast du noch Platz für ein Dessert?«, wispert er an meine Lippen. Mir wird ganz heiß, dennoch bin ich sicher, wir werden heute Abend nicht aufs Ganze gehen. Sondern reden. Über uns, später.

»Dessert geht immer. Ich kümmere mich um den Kaffee. Außer …«

»Außer?«

»Welche Kaffeemaschine hast du denn in dieser Wohnung?« Ich liebe es, wenn Cole lacht, nicht nur den tiefen Klang, sondern dass er dabei wie ausgewechselt ist. Seine Anspannung fällt für ein paar Atemzüge ab.

»Eine ganz normale.«

»Kaffeemaschinen werde ich nie mehr mit normalen Augen betrachten«, ziehe ich ihn auf. »Ich habe noch eine Frage«, bemerke ich, während wir die Teller abräumen und auf den Servierwagen stellen, damit es der Kellner mitnimmt, wenn er das Dessert bringt.

»Schieß los.«

»Was ist mit Halloween? Deine Familie wird dort sein, was sollen wir ihnen sagen? Sind wir ein Geheimnis? Eine Affäre? Ich einfach deine Angestellte, die von Lilly und Lucas eingeladen worden ist? Allerdings backe ich den Geburtstagskuchen.«

»Ich will dich nicht verstecken.« Cole hält mit dem Aufräumen inne, was mir gefällt. Ich möchte, dass wir uns in die Augen sehen, wenn wir beschließen, wie wir mit »uns« in der Öffentlichkeit umgehen sollen.

»Aber? Es ist doch noch zu früh, etwas zu sagen. Und bei der Arbeit will ich nicht, dass jemand über uns Bescheid weiß.«

»Also tun wir so, als ob nichts zwischen uns ist? Das bedeutet, dass ich meine Schwestern belüge. Auch meine Eltern werden wissen wollen, wer du bist. Lilly und Lucas werden ihnen alles von dir haarklein erzählen.«

»Willst du ihnen allen sagen, dass wir uns geküsst haben? Mehr ist es nicht gewesen.«

»Und du möchtest auch nicht mehr?« Ich erkenne den Kampf in seinen Augen, wie sich sein Körper anspannt. »Es tut mir leid, dass ich dich in diese unmögliche Situation gebracht habe.«

Er gibt uns auf, einfach so macht Cole einen Rückzieher. Wegen mir. Mein Herz schlägt mir bis zum Hals, als ich seine Hände ergreife.

»Vielleicht können wir auch nur im Büro verheimlichen, dass wir uns privat treffen, wenigstens für eine Weile.«

»Bist du sicher?«

»Und du könntest deinen Schwestern und deiner Familie sagen, dass wir es langsam angehen? Oder … Keine Ahnung …« Mich an Halloween allen Harris-Schwestern auf einmal zu stellen, treibt mir jetzt schon den Puls in die Höhe. Das wird ein Drahtseilakt werden.

»Ich kümmere mich um meine Familie. Sie

werden dich in Ruhe lassen, dafür werde ich sorgen.« Als ob er unterstreichen will, wie ernst er es mit uns meint, küsst er mich mit so viel Gefühl, dass mein Herz aus meiner Brust zu springen droht.

»Danke.« Meine Stimme ist ganz kratzig, leise räuspere ich mich, denn ich muss noch etwas anderes wissen. »Darf ich dich noch etwas fragen: Was ist mit Lillys und Lucas' Mutter? Wird sie auch da sein?«

»Nein, ganz bestimmt nicht. Um sie musst du dir keine Gedanken machen.«

Coles Stimme ist eisig, ein Schauer ergreift mich. Er hat bereits erwähnt, dass sie kein Teil ihres Lebens ist, aber so gar nicht? Seltsam. Ich frage nicht nach.

Nachdem wir den Tisch abgeräumt haben, überrascht mich Cole damit, dass er noch nicht das Dessert bestellt, sondern die Musik einschaltet und mich zum Tanz auffordert.

»Dein Ernst? *Friday I'm in Love?*« Ich kenne den alten Song von The Cure.

»Passt doch, oder?«

Und es bedeutet, dass wir uns ineinander verliebt haben? Ich lasse die Botschaft des Liedes im Raum stehen, während ich mit Cole durchs Wohnzimmer wirbele. Wir singen beide sehr laut und sehr falsch das Lied mit. Auch der nächste

Song passt überhaupt nicht, um eng zu tanzen. Aber es tut richtig gut, einfach loszulassen. Ob Hardrock, Alternative oder Indie, am Ende streiten wir uns darüber, wer besser Luftgitarre spielen kann. Verschwitzt lasse ich mich eine Stunde später auf das Sofa plumpsen, während Cole *She's a Rebel* von Green Day singt, als ob sein Leben davon abhängt.

»Ich hoffe, du singst nicht über mich. Ich bin weder eine Rebellin noch gefährlich!«

Mit dem abrupten Ende des Liedes lässt sich Cole vor mir auf die Knie fallen. »Oh doch, du bist sehr gefährlich für mein Herz, Miss Porter.« Er küsst mich so innig, dass mir sehr schnell klar wird, dass es genau umgekehrt ist. Denn ich glaube, ich habe mich in Cole verliebt.

# Kapitel 12

HANNAH

Heute ist Halloween und ich bin unterwegs zu Lilly und Lucas. Auch dieses Mal herrscht komplette Funkstille zwischen Cole und mir, wenn wir nicht zusammen sind. Und das, obwohl mich seine Küsse komplett unter Strom gesetzt haben. Ich kann mich nicht erinnern, wann ich das letzte Mal einen Mann so sehr gewollt habe wie Cole. Umso schwerer fällt es mir, tagelang nichts von ihm zu hören. Ich werde mit ihm darüber reden. Bestimmt fällt uns eine Lösung ein, denn natürlich weiß ich, dass er eigentlich keine Zeit für mich hat. Dass ich ihn gleich nicht mal richtig begrüßen darf, nicht küssen, nicht anfassen, macht mir zusätzlich zu schaffen. Ich hoffe, seine anderen Schwestern werden mich nicht auch noch in die Mangel nehmen. Am liebsten wäre ich wieder umgedreht, aber versprochen ist versprochen und ich freue mich eigentlich auf den Tag.

Nachdem ich meinen Namen genannt habe, wird die Uberfahrerin am Tor durchgelassen. In der Auffahrt stehen sechs Autos, Coles Schwestern sind wohl alle schon da. Ich schwitze, wische mir bestimmt nicht zum letzten Mal heute meine Hände trocken.

»Happy Halloween«, wünscht mir die Uberfahrerin, als ich mein Kostüm und die Geschenke für die Kinder nehme und aussteige.

»Danke, Ihnen auch.«

Niemand wartet an der Haustür auf mich. Ist das ein gutes oder schlechtes Zeichen? Nachdem ich geklingelt habe, dauert es eine Weile, bevor mir eine hochgewachsene blonde Frau die Tür öffnet. Sie trägt ein Eishockeytrikot mit dunklen Leggins, ihre Haare hat sie hochgesteckt und ist ungeschminkt. Auf den ersten Blick sieht sie wie sechzehn aus, doch ich habe sie schon mal auf dem Bild auf der Internetseite der Harris-Gruppe gesehen. Außerdem kenne ich das Trikot, meine Familie besitzt dieselben. Ich stehe vor Coles jüngster Schwester, der Hochzeitsplanerin.

»Hi, ich bin Hannah Porter. Ich habe Lilly und

Lucas versprochen, einen Geburtstagskuchen zu backen.«

»Hallo, Elisabeth Harris, du kannst mich Liz nennen. Komm rein, ich habe schon viel von dir gehört.«

»Von Anne?«

»Ja. Aber auch Lilly und Lucas reden von dir. Ihr wart eislaufen.«

»Stimmt. Wo kann ich meine Geschenke abstellen?«

»Du kannst sie mir geben. Ich lege sie zu den anderen. Deinen Mantel nehme ich ebenfalls und was du sonst noch mitgebracht hast.«

Liz öffnet eine Tür auf der linken Seite, dahinter verbirgt sich eine Garderobe, die ich noch nicht entdeckt hatte. Sie verstaut meinen Mantel und meine Tasche mit dem Kostüm. Danach folge ich ihr zur Bibliothek, die schon mit Girlanden und einem pinken und einem blauen Geburtstagsbanner geschmückt ist.

Ein Dutzend Geschenke stapeln sich auf dem Couchtisch. Liz legt meine dazu. Für Lucas habe ich ein Balancierbrett besorgt, das gemäß dem Hersteller dem Kind ein Gefühl des Surfens vermittelt oder des Skateboardens oder Snowboardens. Hauptsache, es macht Spaß, und dank des Hartplastiks ist das Brett offenbar auch widerstandsfähig. Ich hoffe, Lucas gefällt das Geschenk.

Für Lilly habe ich einen Malkasten mitgebracht. Wahrscheinlich hat sie bereits unzählige, aber ich habe ihn mit Einhornstickern und viel Glitzer geschmückt. Dazu bekommt Lilly eine Prinzessin als Anhänger, die sie an ihren Rucksack hängen kann.

»Mein Bruder ist noch in einer Konferenzschaltung mit unserem Dad. Lilly und Lucas sind bei ihm, auch Annie und Taylor. Sie kennst du ja alle bereits.«

»Ja, auch Rachel, also nur flüchtig.« Sie sind also wirklich alle hier. Atmen nicht vergessen.

»Sehr schön, meine Schwester hilft mir in der Küche mit den Kürbissen. Komm.«

Rachel sitzt am Küchentisch und malt einem Kürbis mit einem Marker eine Fratze auf. Als sie aufsteht, um mir die Hand zu schütteln, sehe ich, dass sie zu einem blauen Pulli eine dunkle Hose trägt, ihre Haare sind zum Zopf geflochten. Es ist verblüffend, wie ähnlich sich die vier Schwestern sehen, doch auch in Rachels Blick entdecke ich nur Neugierde, keine Ablehnung. »Du bist Hannah, richtig? Ich habe schon gehört, dass du heute für den Kuchen zuständig bist. Wir fangen gleich damit an, die Kürbisse auszuhöhlen. Maria bereitet den Punsch vor und Pralinen.«

Die dunkelhaarige Frau mit den freundlichen braunen Augen ist also die Köchin. Sie muss um die fünfzig sein oder etwas älter? Aus einem Impuls heraus gehe ich ihr die Hand schütteln.

»Hallo, ich bin Hannah, sehr erfreut, Sie kennenzulernen. Die Pralinen sind eine tolle Idee. Ich liebe Schokolade. Aber haben wir dafür noch genug Zeit?«

Sie fährt sich verlegen über ihre schwarzen Haare. »Maria, ich bin die Köchin. Sí, zwei Stunden im Kühlschrank. No es un problemo«, versichert sie uns und macht sich wohl gleich an die Arbeit.

»Möchtest du einen Kaffee, Hannah?«, fragt mich Rachel, während mich Liz genau im Blick behält.

»Ja, gerne.« Ich gehe mir derweil die Hände in der Spüle waschen.

»Wir sind alle sehr erstaunt«, bemerkt Liz und gesellt sich zu mir.

»Dass ich hier bin?«

»Ja, und dass du mit Lilly und Lucas unterwegs warst. Seid Cole und du ein Paar? Er hüllt sich leider in Schweigen, aber na ja, du bist hier, also muss es etwas Ernsteres zwischen euch sein, oder?«

Cole wollte doch mit seinen Schwestern reden. Hat er es also nicht getan? Soll ich alles abstreiten?

»Ich habe gar nicht gemerkt, dass ihr euch

schon länger kennt«, drängt auch Rachel auf eine Antwort.

»Ja, das ist eine lange Geschichte«, versuche ich mich aus der Affäre zu ziehen.

»Ach ja? Erzähl!« Zwei blaue Augenpaare scheinen an meinen Lippen zu hängen.

## COLE

»Grandpa, mein Prinzessinnenkostüm ist rosa und hat eine ganz lange Schleppe. Daddy hat mir einen Mantel gekauft und weiße Handschuhe.«

»Vergiss das Krönchen nicht«, bemerkt meine Schwester Annie.

Natürlich habe ich Lilly jeden Wunsch erfüllt. Aber auch Lucas ist nicht zu kurz gekommen, sein Piratenkostüm ist perfekt. Er kann Lilly jetzt mit einem Spielzeugsäbel beschützen und mit seinem Kompass werden wir später auch jedes Haus in kürzester Zeit finden, dessen Bewohner wir mit »Trick or Treat« das Fürchten lehren werden. Langsam, aber sicher lasse ich mich von der Euphorie der Kinder anstecken.

»Ich bin mir sicher, es wird ein unvergesslicher Abend. Ich muss noch kurz mit eurem Dad reden, wir rufen später nochmals an, wenn Grandma mit euren Geschenken zurück ist. Dann könnt ihr uns die Kostüme zeigen.«

Die Kinder kreischen und jubeln, winken in die Kamera und verlassen mit Annie widerstandslos den Raum. Taylor bleibt zurück und auch Annie gesellt sich nach kurzer Zeit wieder zu uns. Jetzt geht es ums Geschäft, ich habe damit gerechnet. Ebenso, dass die Enttäuschung über den Betrugsfall in Kalifornien meinem Dad ins Gesicht geschrieben ist.

»Es tut mir leid, ich hätte früher merken müssen, dass etwas nicht stimmt«, nehme ich gleich die ganze Schuld auf mich.

»Das sehe ich nicht so«, behauptet Annie. »Die beteiligten Personen haben immer nur kleine Beträge unterschlagen, meist wenn eine Hotelaktion lief und viele Sonderprogramme angeboten wurden.«

»Wir konnten bis jetzt vier Mitarbeiter identifizieren. Sie waren alle sehr unauffällig, keiner lebte über seine Verhältnisse«, erklärt Taylor. »Das Geld ist auf mehrere Überseekonten geflossen, in den letzten drei Jahren ist ein schönes Sümmchen zusammengekommen, alle sind geständig.«

Drei Jahre, ich habe nichts bemerkt. Niemand hat etwas bemerkt, auch nicht unsere Buchprüfer, wie kann das sein? Und vor allem warum? Eine Handvoll schwarze Schafe unter hunderttausend

Mitarbeiter scheint eine verschwindend kleine Zahl zu sein, doch der Betrug lief so lange, dass ich mich unweigerlich frage, ob ich sonst noch etwas übersehen habe.

»Was hat die Polizei gesagt, was war das Motiv? Simple Habgier?«, fragt mein Dad nach.

»Der Bezirksleiter lebt in Scheidung, seine Frau hat ihn offenbar für einen erfolgreicheren Mann verlassen. Die anderen sind Mitläufer«, informiere ich meinen Dad. »Ich habe zusätzliche Kontrollen in der Buchhaltung eingeleitet.« Er arbeitet nicht mehr für die Harris-Gruppe, hat sich in den letzten fünf Jahren auch nie eingemischt, doch natürlich ist mein Dad in all unseren Köpfen noch immer ein Teil davon. Daran wird sich nichts ändern. Dass ich ihn enttäuscht habe, nagt an mir.

»Gut, dann hoffen wir mal, dass sich diese unschöne Episode nicht wiederholen wird.«

Oder nicht bereits wiederholt. Für meinen Dad ist der Fall aber wohl erledigt, denn wir verabschieden uns für den Moment. Das Gefühl des Versagens kann ich leider nicht abschütteln, die Geschichte geht mir zu nah. Und wenn ich die ernsten Gesichter meiner Schwestern betrachte, bin ich nicht der Einzige.

»Hannah! Hannah!« Lilly und Lucas stürmen in die Küche und retten mich damit vor Liz' und Rachels Inquisition. Anne, die die Kinder begleitet hat, begrüßt mich kurz, bevor sie die Küche bereits wieder verlässt. Ich gehe derweil in die Knie, um den beiden Rackern zu gratulieren. »Happy Birthday, ihr Süßen!«

Beide umarmen mich stürmisch.

»Backen wir Kuchen?«, fragt Lilly aufgeregt. »Mein Prinzessinnenkleid ist so schön. Ich will ganz viel Glitter im Haar.«

»Ich will einen Bart und eine Augenklappe.«

»Ich schminke euch später, zuerst backen wir Kuchen. Einverstanden? Und Maria macht Pralinen, ist das nicht toll?«

»Willst du mir und Tante Liz mit den Kürbissen helfen, Lucas?«, fragt Rachel nach.

Lucas scheint hin- und hergerissen, nickt dann aber und gesellt sich zu seinen Tanten.

»Also, lass uns mal die Zutaten bereitstellen. Wir brauchen natürlich einen Kürbis für das Fruchtfleisch, dann Zucker, Vanillezucker, Mehl, Backpulver …«, zähle ich für Lilly auf.

»In der Speisekammer«, mischt sich Maria ein, wischt sich ihre Hände sauber und hilft uns, alle Zutaten zusammenzutragen. Ich weiß, wo alles liegt, schließlich habe ich alles eingeräumt, doch ich lasse mir nichts anmerken. Solange die Kinder bei uns sind, werden mich Coles Schwestern auch bestimmt nicht weiter löchern. Lilly und ich konzentrieren uns auf den Kuchen, während Lucas mit dem Aushöhlen der Halloweenkürbisse ordentlich Spaß zu haben scheint.

»Guck mal, Lilly.«

Bevor sie überhaupt reagiert, wirft Lucas eine Handvoll des Fruchtfleisches. Platsch, mitten auf ihr Shirt.

»Igitt! Hör auf.« Im nächsten Moment flitzt Lilly um den Tisch, greift nach dem Fruchtfleisch, das ihre Tanten auf sie Seite gelegt haben, und schmiert es Lucas ins Gesicht.

»Aufhören, Kinder, das Fruchtfleisch können wir doch essen.« Aber Lucas ignoriert Liz und prompt landet der nächste Treffer auf Lillys Haaren. Jetzt hält Liz ihn zurück und hat nicht mit Lilly gerechnet, die sich rächt und Lucas bewirft.

»Es reicht, ihr Schlingel. Los, ab in die Wanne mit euch beiden«, beschließt Rachel.

»Aber ich will Hannah mit dem Kuchen helfen«, mault Lilly.

»Es dauert noch eine Weile, bis er fertig wird. Also wenn du dich beeilst, kannst du mir immer noch helfen«, erkläre ich ihr.

»Au ja!« Begeistert hüpft sie von einem Bein

auf das andere, wobei Kürbisfleisch von ihren Haaren auf den Boden tropft. Kichernd helfe ich, die beiden halbwegs sauber zu bekommen, damit sie nicht das ganze Haus vollschmieren, bis sie im Bad sind.

»Was ist denn hier los? Erinnert mich an alte Zeiten.« Belustigt betreten Anne und Taylor die Küche. Heißt das also, dass sie sich als Kinder ebenfalls beworfen haben? Cole auch? Da wäre ich gern dabei gewesen.

»Kinder eben«, bemerkt Liz ungerührt.

»Wir gehen baden. Kommt.« Rachel nimmt Lilly und Lucas bei der Hand und verlässt die Küche.

»Bis gleich, Hannah!«, ruft mir Lilly noch zu.

Geht es nur mir so oder fällt die Temperatur in der Küche wirklich um ein paar Grad? Anne nickt mir zwar freundlich zu und Taylor beachtet mich kaum, doch die Frage, warum ich hier bin, höre ich trotzdem laut und deutlich.

»Brauchst du Hilfe?«, fragt mich Anne.

»Nein, eigentlich nicht.«

»Du, Liz?«

»Nein, ich komme klar.«

»Gut. Komm, Taylor, verlassen wir das Schlachtfeld, bevor wir noch mit putzen helfen sollen, und kümmern uns um den Rest der Deko.« Anne zieht ihre Schwester aus der Küche.

Offenbar hat sie mir nichts zu sagen, vielleicht später. Dass Taylor keinen bissigen Kommentar fallen lässt, werte ich hingegen als sehr positiv. Den Einzigen, den ich bis jetzt nicht gesehen habe, ist Cole. Blöd nur, dass ich ihn am meisten vermisse.

Während ich den Hokkaidokürbis zu raspeln beginne, arbeitet Liz konzentriert neben mir. Maria summt leise, während sie Pralinenkugeln formt.

»Annie hat mir deinen Zwischenbericht gezeigt. Ich mag die Hotels, die du hinzugefügt hast«, lenkt Liz das Thema auf die Arbeit.

»Danke, aber es ist noch ein langer Weg, bevor wir auch nur eines davon zu den *Harris Boutiquehotels* zählen können.«

»Manchmal geht es schneller, als man denkt«, antwortet sie kryptisch. »Wie bist du auf die Hotels gekommen? Es gibt bestimmt Tausende, aber alle, die du ausgewählt hast, haben das gewisse Etwas.«

»Ja, sie sind wirklich toll und sehr romantisch, auf jeden Fall für Hochzeiten oder auch Flitterwochen geeignet.«

»Ich bin wohl sehr leicht zu durchschauen.« Sie zuckt lächelnd mit den Schultern. »Berufsrisiko, ich kann gar nicht anders, als geistig Restaurants oder Hotels zu schmücken oder mir mit dem feinsten Porzellan gedeckte Tische vorzustellen. Und ist dir schon mal aufgefallen, wie viele Lieder sich als Hochzeitssong eignen?«

»Alle?«

»Ja, alle.« Sie lacht auf und ich stimme mit ein. *Friday I'm in Love* spukt mir, wen wundert's, gleich im Kopf herum. »Ich habe schon in allen Hotels, die ich hinzugefügt habe, übernachtet. Ist aber eine Weile her«, beantworte ich Liz' Frage. »Gleich nach dem College bin ich mit meinem damaligen Freund von New York über Boston nach Maine und New Hampshire gefahren. Während des Indian Summers, die klassische Route, steht bestimmt in jedem Reiseführer.«

»So romantisch.« Verzückt sieht sie mich an.

»Chris und ich kennen uns seit dem Kindergarten, wir sind auf der Highschool zusammengekommen. Meine Eltern dachten bestimmt, dass mir Chris einen Antrag macht. Aber so war es nicht, sondern das Gegenteil. Unsere Reise war eine Abschiedstour. Chris hat Jura studiert, wollte nach seinem Master wahlweise nach Boston oder New York ziehen. Ich nicht.«

»Was? Eine Abschiedstour? Ich habe noch nie davon gehört.«

»Es war eine sehr schöne Reise. Wir haben uns daran erinnert, was uns ausmacht, als Freunde. Es war uns beiden wichtig, uns auch in Zukunft gut zu vertragen, weil unsere Eltern ebenfalls befreundet sind. Wir sehen uns ab und zu auf Familienfeiern.«

»Das klingt unglaublich erwachsen.« Liz wirkt auf einmal sehr nachdenklich, fast schon trübselig.

»Also, das geht natürlich nicht immer und mit den darauffolgenden Freunden habe ich das nicht gemacht. Chris war lange Zeit einer der wichtigsten Menschen in meinem Leben.«

»Mir gefällt die Idee, auch wenn ich außer dir niemanden kenne, der eine Abschiedstour gemacht hat.«

»Als Hochzeitsplanerin hörst du bestimmt unzählige Geschichten über Flitterwochen.«

»Oh ja.« Vorsichtig schneidet Liz die Augen des Kürbisses aus, bevor sie das Messer in der Mitte ansetzt und wohl mit der Nase fortfährt. »Wobei sich viele auch ähneln, in neun von zehn Fällen verbringen die Paare ihre Flitterwochen in der Südsee, dem Indischen Ozean oder dem Pazifik.«

»Und in dem verbleibenden einen Fall von zehn?«

»In Italien.« Sie lächelt versonnen.

»Warst du schon mal dort?«

»Ja, mit meinem Dad. Er ist mit uns allen nach Europa gereist. Ich habe kein Wort verstanden, aber das machte nichts. Die Schönheit des Mittelmeeres hat mich sehr beeindruckt und dann noch das gute Essen und die rassigen Italiener. Ja, da könnte ich es länger aushalten.«

»La Dolce Vita.«

»Genau.«

Wir hängen wohl beide unseren Gedanken nach, während wir arbeiten, aber auf einmal fragt mich Liz: »Kam für dich gar nicht infrage, nach Boston oder New York zu ziehen?«

»Nein, damals nicht. Ich war erst dreiundzwanzig, bereits während des Studiums hatte Chris kaum Zeit und wenn du seinen Lebensplan gesehen hättest, hättest du auch sehr schnell gemerkt, dass da kein Platz für eine Beziehung ist.«

»Wollte er Kanzleipartner werden, noch bevor er fünfunddreißig ist?«

»Ja, genau, wie hast du das erraten?«, frage ich sarkastisch. Liz kennt wohl auch so jemanden. »Chris war schon immer sehr ehrgeizig und ich bin sicher, er wird es auch schaffen, hoffentlich bevor er im Burn-out landet. Jedenfalls schickt er mir immer eine Nachricht, wenn er befördert wurde. Dann muss ich ihm schreiben, was ich so mache.«

»Das klingt nach einem Wettbewerb.«

»Es ist eher eine Erinnerung, dass ich meine Träume verfolgen und mich nicht auf meinen Lorbeeren ausruhen soll. Er hatte Bedenken, dass ich in Philly versauere. Ich mag die Stadt und mit dreiundzwanzig wollte ich auch nicht weit weg von meinen Eltern ziehen. Immerhin bin ich in Pennsylvania herumgekommen.« Clark liegt hundert Meilen von Philadelphia entfernt und ich war drei Jahre dort. »Er meint es nicht böse und ich denke, dank ihm bin ich heute hier. Aber ich muss überlegen, wann und wie ich ihm das beichte, sein Ego ist schon groß genug.«

»Du magst ihn immer noch, in deiner Stimme schwimmt viele Wärme, ich finde das total schön. Freunde sind wichtig. Außerdem habe ich auch nur in Chicago gewohnt, bevor ich nach Philadelphia gezogen bin. Ich finde nicht, dass es mir geschadet hat. Gut, ich war in Harvard auf dem College, aber ich weiß nicht, ob das zählt. Jeder studiert doch, wenn er kann, außerhalb seiner Heimatstadt.«

»Im Gegensatz zu mir bist du deinem Freund aber nach Philly gefolgt. Wie ist es denn, mit einem NHL-Spieler zusammen zu sein?«

»Oh, Hudson und ich sind kein Paar, bloß beste Freunde und beide sehr beschäftigt. Aber ich liebe die Live-Spiele, und mit den anderen Spielerfrauen im Stadion zu sitzen, ist toll. Das Team ist wie eine große Familie.«

»Schon als ich ganz klein war, bin ich mit

meinem Dad und meinem Onkel zu den Spielen gefahren. Mir hat es auch sehr gut gefallen.«

»Das wusste ich ja gar nicht. Cole ist auch Hockeyfan.«

»Ja, ich weiß.«

Ich spüre Liz' Blick auf mir, als ich die Kuchenform ausfette, aber sie bohrt nicht weiter. Als Nächstes schütte ich den Zucker, Vanillezucker sowie die gehackten Haselnüsse und Mandeln in eine Schüssel. Das Mehl mitsamt dem Backpulver siebe ich dazu. Danach widme ich mich den Gewürzen.

»Meinst du, ich soll auf Lilly warten?«

»Ich schätze, sie dekoriert mit meinen Schwestern inzwischen das Haus. Es reicht bestimmt, wenn sie dir mit der Glasur hilft.«

»Gut.«

»Na, sieht doch schon ganz anständig aus.« Liz zeigt mir die beiden Kürbisse mit grimmigen Fratzen, die sie fertig geschnitzt hat.

»Sehr gruselig.«

Auch Maria scheint gut voranzukommen, ihre Pralinen sind im Kühlschrank und sie wischt bereits ihre Arbeitsfläche sauber. Ist sie immer so still?

»Also bist du wegen Chris nach Texas und so kurze Zeit später nach Chicago gezogen?«, fragt Liz.

»Wenn, dann wirklich nur indirekt. Ich bin nach Texas gezogen, weil ich meinen damaligen Arbeitgeber sowieso verlassen wollte und sich die Möglichkeit ergab.« Das ist die Kurzfassung. Wie unzufrieden Emily und ich in Clark, Pennsylvania gewesen waren, geht Liz nichts an. Ich werde nicht schlecht über meinen ehemaligen Arbeitgeber reden. Gut, Cole habe ich davon erzählt, aber er ist der Einzige. Doch dass ich mir damals nichts Schöneres vorstellen konnte, als für Emily und auch Chase zu arbeiten, behalte ich für mich. Auch, dass ich den beiden überallhin gefolgt wäre.

»Ich bin jedenfalls sehr froh, dass du jetzt für uns arbeitest. Annie redet, seit ich mich erinnern kann, von den Boutiquehotels. Aber du kannst dir sicher vorstellen, dass sie als Deputy CEO der Harris-Gruppe alle Hände voll zu tun hat. Schon davor eigentlich.«

»Ich liebe das Projekt.«

»Das ist wirklich schön. Mir spukt hingegen immer noch die Abschiedstour mit deinem Ex im Kopf herum. Könnte das nicht eine Geschäftsidee sein?«

Cole kommt genau in dem Moment in die Küche und ich bin mir nicht sicher, wem sein grimmiger Blick gilt. Er wird doch wohl nicht eifersüchtig sein?

# Kapitel 13

COLE

Meine Schwestern haben also Liz auserkoren, Hannah auf den Zahn zu fühlen. Nach der Nummer, die Taylor abgezogen hat, ärgert es mich, dass ich am Telefon aufgehalten worden bin.

»Was kann ich mit dem Kuchen noch helfen?«, frage ich, kremple die Ärmel meines Hemdes hoch und gehe mir gleich die Hände waschen. Liz kann die Kürbisse allein ausschnitzen, am besten draußen, damit ich Hannah richtig begrüßen kann. Mich in einem Kuss zu verlieren und damit kurzzeitig die Welt zu vergessen, ist genau das, was ich jetzt brauche. Doch Liz verschwindet nicht.

»Du könntest die Orangenschale abreiben und dann den Saft auspressen. Ich schlage die Eier in der Zwischenzeit auf, danach müssen wir nur noch alles verrühren.« Hannahs sehnsüchtigen Blick muss ich unbeantwortet lassen.

Ich stelle mich neben sie, spüre sie so überdeutlich, dass ich aufpassen muss, mich nicht an der Raffel zu schneiden.

»Kennst du Abschiedstouren? Hannah hat mir davon erzählt. Sie hat mit ihrem Ex eine gemacht, bevor sie als Freunde auseinandergegangen sind«, unterbricht Liz unser Schweigen.

»Nein, klingt interessant.« Natürlich will ich jetzt alles ganz genau wissen. Ist das derselbe Ex, der in der Highschool im Baseballteam war, oder der, der nicht mit ihr tanzen wollte? Ein anderer? War es zwischen den beiden Ernst?

»Danke, das reicht.« Sanft nimmt mir Hannah die Orange aus der Hand, berührt mich dabei länger als nötig. Oh, wie gerne würde ich sie schnappen und an einen Ort bringen, an dem wir ungestört sind.

»Ich bin gleich fertig«, raunt mir Hannah zu.

Während ich warte, räume ich die Küche auf. Als Hannah verkündet: »So, jetzt müssen wir etwa eine Stunde warten«, und die Küchenuhr stellt, atme ich erleichtert auf. »Ich hol mal die Schminksachen. Bis gleich.« Hannah eilt aus der Küche und ich ihr mit den Worten »Ich muss telefonieren« hinterher.

Das nächste Zimmer ist mein Büro. Nachdem ich die Tür hinter uns geschlossen habe, drücke ich Hannah dagegen. Wie zwei Ausgehungerte fallen wir übereinander her. Wie habe ich es vermisst, sie zu küssen und sie dabei ganz eng an mich zu pressen. Hannahs Lippen auf meinen zu spüren, bringt mein Blut in Wallung, so forsch, wie ihre Zunge mit meiner tanzt und sie sich an mich klammert, geht es ihr nicht anders. Sehr viel länger werde ich ihr nicht widerstehen können.

»Ich habe dich vermisst.« Mein Körper protestiert, als ich meine Stirn auf Hannahs lege und zu Atem zu kommen versuche.

»Ich dich auch.« Sie küsst mich noch einmal, kann sich offenbar genauso wenig von mir losreißen wie umgekehrt.

»Hat dich Liz gelöchert?«

»Ja. Aber sie hat mir wenigstens nicht unterstellt, dass ich nur hinter deinem Geld her bin. Sie hat gar nicht über uns geredet, sondern wollte mehr über mich wissen. Was hast du Taylor gesagt?«

»Nichts. Sie hat nicht gefragt. Im Normalfall rede ich mit meinen Schwestern auch nicht über meine Freundinnen.« Ich verflechte unsere Finger.

»Wie viele Freundinnen hattest du denn schon?«

»In den letzten fünf Jahren keine feste und

davor war es nie etwas wirklich Ernstes gewesen. Du bist die erste Frau, die meine Stadtwohnung gesehen hat. Du bist die Erste, der ich Sugar Cookies geschenkt habe, und du bist ganz sicher die Erste, der ich meine Kinder anvertraut habe. Du bist in vielem die erste.« Ich verteile Küsse auf ihrem Mund, ihrem Kinn. Hannah dreht ihren Kopf, gibt mir Zugang zu ihrem seitlichen Hals und keucht auf, als ich mit meiner Zunge darüber fahre. »Du machst mich wahnsinnig.«

»Was soll denn ich sagen?«

Dass sie heute hierbleibt.

»Wir müssen zu den anderen. Sie fragen sich bestimmt, wo wir sind.« Hannahs Atem geht schnell, sie hält die Augen geschlossen. Ich könnte wetten, sie ist genauso erregt wie ich.

»Nein, ganz bestimmt fragen sie sich nicht, sondern denken sich, wir gehen noch viel weiter.«

»Was?« Abrupt öffnet Hannah die Augen und stößt mich halbherzig von sich. Ich kann mir ein Grinsen nicht verkneifen.

»Hey, es ist nicht wichtig, was die anderen denken, nur du und ich. Verstanden?«

Hannah schnaubt, aber ich werde sie nicht gehen lassen, bis sie das kapiert hat, und so ziehe ich sie wieder dicht an mich.

»Du und ich.«

## HANNAH

Noch nie bin ich von einem Mann so geküsst worden wie von Cole. Er lässt mich glauben, dass, was auch immer zwischen uns passiert, etwas ganz Besonderes ist. Wenn er so weitermacht, wird er mich noch für alle Männer nach ihm verderben. Doch ich kann meine Finger nicht von ihm lassen, selbst wenn ich wollte.

»Verstanden?«

»Verstanden.« Sein Herz wummert genauso rasch wie meines. Ich spüre es ganz deutlich unter meinen Fingerspitzen. »Ich geh mich besser kurz frischmachen.«

»Gut, dann sehe ich nach den Kindern.«

»Bis gleich.«

»Bis gleich.« Der Gang vor dem Büro ist leer. Im gegenüber liegenden Gästebad mache ich mich frisch. Meinen Bob habe ich mit wenigen Handgriffen wieder in Form gebracht. Mein Make-up ist nicht verschmiert, ansonsten habe ich nur Lipgloss aufgetragen. Noch einmal tief durchatmen, dann verlasse ich das Bad. In der Eingangshalle treffe ich auf Coles Schwestern und Kinder.

»Hannah, guck mal, die große Spinne!« Lucas hüpft übermütig, während es Lilly schüttelt.

Von der Decke hängt nicht nur besagte Spinne, deren Körper locker einen halben Meter groß ist, sondern auch ein riesiges Netz. »Ich mag Spinnen gar nicht«, sage ich. Ebenso gruselig sind die beiden Skelette rechts und links von der Eingangstür. Das Treppengeländer ist mit schwarzen Fledermäusen geschmückt, und Liz bringt gerade ihre Kürbisse, die sie offenbar draußen aufstellen will.

»Gänsehaut, schau mal.« Ich ziehe meinen rechten Ärmel hoch und zeige es Lilly.

»Ich auch!«, ruft diese sogleich.

»Kann ich etwas helfen? Der Kuchen braucht noch eine halbe Stunde. Sonst gehe ich mich umziehen.«

»Wir sind gleich fertig.« Rachel winkt ab.

»Ich habe das schönste Prinzessinnenkleid. Schminkst du mich?«

»Natürlich, so wie versprochen. Machen wir gleich in der Küche, dann können wir nach dem Kuchen sehen.«

»Au ja!« Lilly erklimmt die Treppe, Lucas stürmt mit Affengebrüll hinterher. »Fürchtet euch nicht!«

Amüsiert hole ich meine Tasche aus der Garderobe. Die ist genau wie das Haus riesig.

Zurück im Gästebad ziehe ich mich aus und als erstes Thermounterwäsche an. Nicht sehr sexy, nur durchgefroren ist mit mir nicht zu spaßen. Das Kleid ist sehr dünn, aber so lang, dass ich meine gefütterten Stiefel darunter tragen kann.

Den Reißverschluss bringe ich allein nicht ganz zu, dennoch stülpe ich die Perücke bereits über, pudere meine Haut weiß und ziehe meine Augenbrauen kohlrabenschwarz nach. Als Letztes trage ich knallroten Lippenstift auf. Ja, ich denke, ich sehe gar nicht schlecht aus. Morticia ist bereit. Noch ein Selfie, das ich Cole mit einem Herz schicke. Sehr zufrieden verlasse ich mit den Schminksachen und meiner Tasche das Bad. Die Tasche lasse ich der Einfachheit halber in Coles Büro, dessen Tür offensteht, und gehe direkt zur Küche. Der Rock ist eng, ich kann nicht sehr rasch laufen, aber das macht bestimmt nichts.

In der Küche bin ich die Erste. Das dachte ich jedenfalls, bevor Cole aus der Speisekammer tritt. Sein Nadelstreifenanzug sitzt wie angegossen. Die Haare hat er mit Gel zum Scheitel geformt, den Rest so wie bei Gomez platt gedrückt. »Du siehst toll aus«, entfährt es ihm.

»Danke, das Kompliment kann ich zurückgeben. Sehr sexy. Hilfst du mir bitte?« Ich drehe mich, schiebe mein Haar zur Seite, sodass Cole den Reißverschluss sieht. Ich spüre ihn überdeutlich, als er hinter mir steht. Wir sind allein, wird er mich am Nacken küssen? Statt den Reißverschluss meines Kleides hochzuziehen, spüre ich seine Hände auf meinen Armen und seinen Atem an meiner Wange. »Du machst mich rasend.«

*Und du bescherst mir weiche Knie.* Bevor ich ihn darauf hinweisen kann, dass gleich die Kinder kommen, zieht er den Reißverschluss hoch.

»Danke. Setz dich, ich zeichne dir noch den Schnurrbart.« Meine Stimme zittert vor Erregung.

»Kann es kaum erwarten.« Sein verschmitztes Lächeln und sein anzüglicher Blick, den er sehr langsam über mich gleiten lässt, verspricht mir so viel mehr, als wir auszusprechen wagen. Cole zu schminken, wird mir alles abverlangen.

»Daddy, Daddy! Sieh mal, wie hübsch ich bin!« Lilly kommt in die Küche gepoltert und bleibt abrupt stehen.

»Du siehst wunderschön aus, Prinzessin.«

Aber Lillys Strahlen fällt sogleich in sich zusammen.

»Wow, ich habe noch nie eine so hübsche Prinzessin gesehen«, sage ich. »Ich wünschte, ich hätte auch so ein schönes pinkes Kleid.« Rachel muss meterweise Tüll verarbeitet haben, allein der Rock hat mehrere Lagen. Auch die Puffärmel mit den Perlenstickereien sind wunderschön. Aber Lilly sieht jetzt aus, als ob sie gleich weinen wird. Was ist denn los?

»Lass mich dich schminken. Setz dich.«

»Prinzessin, was ist denn los?« Cole kniet sich vor Lilly, deren Lippen zittern. Sie sieht von Cole zu mir und zurück, Tränen schimmern in ihren grünen Augen.

»Ich komme! Platz da!« Im nächsten Moment stürmt Lucas in die Küche, im Schlepptau seine Tanten. Auch diese bleiben abrupt stehen und starren uns an. Liz hat sich als Rotkäppchen verkleidet, Rachel ist ein Skatergirl, Anne ein weiblicher Matrose und Taylor trägt einen Frack mit Zylinder.

»Ich will auch so aussehen wie Hannah«, bemerkt da Lilly. »Ich will keine Prinzessin sein. Bitte, Daddy!« Sie schmiegt sich an Cole und weint.

»Ja, äh, also.« Ich habe keine Ahnung, was ich jetzt tun soll. Das schöne Prinzessinnenkleid. Hilfesuchend schaue ich Coles Schwestern. Die sehen aber genauso ratlos aus, wie ich mich fühle. Zum Glück scheint nicht mal Taylor mir die Schuld an dem weinenden Kind zu geben, sie wirkt jedoch sehr nachdenklich.

»Ich will auch kein Pirat mehr sein«, stimmt Lucas mit ein und fängt bereits an, sich die Kleider auszuziehen. Oje!

»Natürlich, die Addamsfamilie hat doch zwei Kinder«, ruft Rachel plötzlich. »Wednesday und Pugsley. Kommt mit, wir gucken in eurem Kleiderschrank, ob wir ein schwarzes Kleid für dich finden, Lilly. Und Lucas, du brauchst ein gestreiftes Shirt und dunkle Hosen.«

Die Küchenuhr schrillt, sodass ich zusammenzucke. Der Kuchen! Die Kinder verlassen mit Rachel die Küche, während ich den Kuchen aus dem Ofen hole und ihn auf ein Gitter zum Abkühlen stelle.

»Möchte jemand einen Kaffee?«, fragt Cole in die Runde, dabei ist ganz klar, dass seine Schwestern eine Erklärung wollen. Unsere Kostüme werfen zu viele Fragen auf.

»Vielleicht besser einen Schnaps«, bemerkt Liz und setzt sich. »Läuft da etwas zwischen euch?«

»Diese Antwort interessiert mich auch brennend«, ergänzt Taylor, bleibt aber mit überkreuzten Armen stehen.

»Es geht euch nichts an«, bemerkt Cole, genau so wie er mir bereits erklärt hat. Ich befürchte, das wird nicht reichen. Vor allem was Anne denkt, interessiert mich, doch sie hat ein Pokerface aufgesetzt.

»Wir reden morgen«, bestimmt meine Chefin. Morgen, und bis dahin muss ich lächeln und so tun, als ob die Luft nicht so dick ist, dass ich sie schneiden könnte.

Dankbar schminke ich die Kinder, als sie zurückkommen, und auch Cole. Der Kuchen ist mittlerweile genug abgekühlt, dass wir ihn fertigstellen können. Als Letztes schreibe ich mit Schokodragees: *Happy Birthday, Lilly & Lucas* drauf, Cole sorgt für Kerzen.

Maria hat die Bibliothek fertig geschmückt, den Punsch und ihre Pralinen angerichtet. Sie reicht jedem ein Glas, die Kinder bekommen Limonade.

Ich stimme in den Gesang und die Glückwünsche mit ein, halte mich ansonsten im Hintergrund. Zwar ziehen mich Lilly und Lucas immer wieder zu sich, aber ich störe. Es ist offensichtlich, auch wenn es niemand ausspricht. Froh, dass wir aufbrechen, als es dunkel wird, hole ich meinen Mantel. Die Kälte, die uns begrüßt, tut gut. Ich stecke meine Hände in meine Manteltaschen, obwohl ich mich am liebsten an Cole schmiegen würde. Doch er nähert sich mir auch nicht.

# Kapitel 14

COLE

Natürlich befinde ich mich mit Hannah in einer heiklen Situation. Dennoch ist es so, wie ich gesagt habe: Es geht niemanden etwas an, was zwischen uns passiert. Dass Hannah meine Angestellte ist, ist etwas unglücklich, aber bekanntlich sind Gefühle nur schwer zu steuern. Hannah tut mir gut, sie erdet mich, ich fühle mich mit ihr ruhiger und ausgeglichener. Sie schafft es, dass der Druck, den ich jeden Tag spüre, weniger wird. Sie bringt mich zum Lachen. Dabei ist sie unglaublich sinnlich, leidenschaftlich und echt. Sie verstellt sich nicht. Sie ist alles, was sich will. Ich komme immer wieder zu demselben Schluss.

Als wir nebeneinander durch die Straßen in

unserem Wohnquartier spazieren, ergreife ich ihre Hand. Sie lässt es zu, verflechtet sogar unsere Finger. Unsere kleine Gruppe besteht aus Hannah, mir und meinen Schwestern. Nur Lilly und Lucas sind als Kinder dabei. Unterwegs treffen wir auch andere Eltern und ihre Rasselbanden. Ich weiß, dass Lilly und Lucas ebenfalls ihre Freunde dabeihaben wollten, auch bei ihrer Geburtstagsfeier. Doch das war mir zu aufwendig, stattdessen habe ich für morgen in der Kita Kuchen organisiert und Rachel und Owen fahren mit ihnen im Anschluss in den Zoo. Eine Überraschung, die mich einige Überwindung kostet. So sehr ich mich allein um meine Kinder kümmern möchte, so sehr habe ich sie auch von der Außenwelt abgeschirmt. Aber ihr Lachen zu hören und ihre freudigen Gesichter zu sehen, wenn sie die geschmückten Häuser betrachten, zeigt mir deutlich, dass ich etwas ändern muss. *Ich* muss mich ändern, für uns alle. Das hier ist ein erster Schritt, aber es müssen noch einige mehr folgen.

»Daddy, klingeln wir dort am Hexenhaus?« Lilly zeigt auf eine Villa mit Giebeln, Erkern und Rundbogenfenstern. Der schmale Weg zum Eingang ist mit Kerzen schwach beleuchtet. Am Eingang stehen Kürbisse und jedes Fenster leuchtet in mattem Orange. »Klopfst du, Lucas?«, fragt Lilly und schiebt ihren Bruder vor.

Schweißperlen treten auf meine Stirn, als Lucas mutig Lillys Wunsch nachkommt. Ich werfe einen Blick über meine Schulter, um mich zu vergewissern, dass Taylor direkt hinter uns steht. Meine anderen drei Schwestern sind an der Straße geblieben, unterhalten sich angeregt. Auf zusätzliche Bodyguards habe ich verzichtet, ob Taylor verdeckte Sicherheitskräfte einsetzt, weiß ich nicht. Hannah drückt ermutigend meine Hand. Meine Unruhe ist wohl nicht zu übersehen, denn als Nächstes legt sie einen Arm um meine Taille, während ich sie an meine Brust ziehe. Als sich die Tür ganz langsam öffnet, halte ich unbewusst die Luft an.

»Hallo, liebe Kinder. Was führt euch zu mir?«, fragt eine krächzende Stimme.

»Trick or Treat! Süßes oder Saures!«, rufen Lilly und Lucas im Chor.

»Hmm, ich muss mal überlegen. Ich denke, ich habe da etwas für euch.« Eine Frau mit grünen langen Haaren und einem schwarzen geknöpften Kleid öffnet die Tür komplett. In der Hand hält sie ihren Hexenhut verkehrt herum, darin erkenne ich Bonbons und Schokolade.

»Danke schön!« Lilly greift sich ein Stück und auch Lucas nimmt sich etwas.

»Und so gut erzogen. Hätte ich bei der Addams-Familie gar nicht gedacht.« Sie lacht auf, bevor sie Hannah und mir den Hut entgegenhält. »Für die Nerven.«

»Danke, das ist sehr nett.« Wir lassen einander los, damit sich Hannah ihre Süßigkeit holen kann. »Schönen Abend.«

»Danke, Ihnen auch.«

Die Hexe schließt die Tür mit einem Rumms.

»Kann ich die Schokolade essen, Daddy?«, fragt Lucas.

»Ein Stück, der Rest kommt in unsere Tüte.«

»Hier, für deine Nerven.« Hannah streckt mir ein Stück Schokolade hin, damit ich abbeißen kann. Ihre Finger an meinen Lippen zu spüren, lässt meine Fantasie wieder auf Hochtouren laufen. Mein Puls beschleunigt sich weiter und als sie von der Schokolade abbeißt und genüsslich seufzt, hätte ich sie am liebsten zurück ins Haus und mein Schlafzimmer gebracht.

»Kommt, weiter«, ruft Lilly und zieht mich mit sich.

Kichernd folgt uns Hannah.

»Guck mal, wie gruselig. Wohnt da ein Gespenst?« Lilly zeigt auf ein Haus, das mit Totenköpfen geschmückt ist. Spotlampen im Garten projizieren Gespenster auf das dunkle Gebäude. Als Lucas auch dieses Mal an die Tür klopft, rast mein Puls bereits etwas weniger. *Es wird nichts passieren*, rede ich mir gut zu. Und genau so ist es.

Die Kinder sammeln Süßigkeiten ein, weiter geht's. Eine ganze Stunde laufen wir durch das Quartier, am Ende ist unsere Tüte prall gefüllt. Gemütlich schlendern wir zurück zu unserem Haus. Lilly sitzt dabei auf meinen Schultern, Lucas hat sich bei Taylor eingehakt.

»Hattet ihr Spaß?«, frage ich sie.

»Es war der beste Geburtstag von allen!«, ruft Lucas, gleichzeitig fallen ihm fast die Augen zu.

Lilly gähnt laut. »Danke.« Bevor sie mir von den Schultern rutscht, hebe ich sie runter und in meine Arme. Sie kuschelt sich an meine Brust und seufzt dabei glücklich. Mein Entschluss, in meinem Leben einiges zu ändern, festigt sich. Doch Hannah, die neben mir läuft, wirkt in sich gekehrt. Hat sie Angst, doch noch von meinen Schwestern in die Mangel genommen zu werden? Ich werde es nicht zulassen.

Als wir mein Haus betreten, höre ich Hannah hinter mir sagen: »Also dann, ich verabschiede mich am besten gleich hier. Danke, dass ich dabei sein durfte.«

»Kannst du bitte kurz warten, ich bin gleich zurück.«

Hannah zögert, dann nickt sie.

»Gute Nacht, ihr Süßen.« Sie küsst Lilly auf das Haar, drückt Lucas kurz an sich und geht dann zurück zur Eingangstür. Meine Schwestern verabschieden sich von Hannah, während wir alle in den ersten Stock gehen. Außer Hörweite sage ich: »Ich wäre froh, ihr würdet Hannah in Ruhe lassen.«

»Das wird nicht möglich sein, sie arbeitet für mich«, widerspricht mir Annie sofort.

»Ich hoffe, du weißt, was du tust«, bemerkt Taylor und geht mit Lucas direkt in sein Zimmer.

»Ich mag sie«, meint Liz.

»Und ich wäre die Letzte, die dir sagt, du solltest euch keine Chance geben.« Rachel nimmt mir Lilly ab und beginnt ihr aus ihrem Kostüm zu helfen. Rachel hat alles auf eine Karte gesetzt und ist für ihre Liebe nach San Antonio gezogen. Sie ist glücklich, ich will es auch wieder sein.

»Hey, ich bin nicht gegen euch. Aber mit einer Angestellten etwas anzufangen und dann noch direkt, nachdem wir sie eingestellt haben, wird zu unschönem Gerede führen«, erklärt sich Annie.

»Denkst du, das weiß ich nicht?«

»Natürlich tust du das. Du würdest nie eine solche Situation heraufbeschwören oder sie leichtherzig hinnehmen. Was mich zum Schluss kommen lässt, dass du Hannah wirklich magst. Oder ist es bereits mehr?« Annies Augen funkeln so, als ob sie genau wüsste, wie tief ich gefühlsmäßig drinstecke.

»Es ist viel mehr«, gebe ich zu.

»Dann lass sie nicht länger warten«, rät mir Liz.

Nein, das werde ich nicht. Lilly ist schon in ihrem Bett, als ich zu ihr gehe. Ich drücke sie und atme tief ihren süßen Duft ein.

»Es war so schön, Daddy.«

»Das finde ich auch. Schlaf gut, Prinzessin.«

Leise ziehe ich die Tür zu und gehe zu Lucas. Er ist so müde, dass er ohne Widerworte unter die Decke schlüpft, ein glückseliges Lächeln auf den Lippen.

»Daddy?«

»Ja, mein Großer?«

»Wo ist Mommy?«

Fuck! Mein Herz bleibt mir einen Moment stehen.

»Ist Hannah unsere Mommy?«

Ich schüttele den Kopf. »Nein, sie ist eine gute Freundin. Magst du sie?«, frage ich ihn, während ich ihm über den Kopf streiche.

»Ja. Sie ist toll. Kann sie bleiben?«, murmelt er und ist im nächsten Atemzug eingeschlafen.

Ich wispere ein »Hab dich lieb«, küsse ihn auf die Wange und verlasse das Kinderzimmer. Vielleicht wird er seine Frage morgen bereits vergessen haben. Doch um ein Gespräch über ihre Mutter komme ich wohl bald nicht mehr herum. Wenn ich nur wüsste, was ich ihnen sagen soll.

## HANNAH

Während ich auf Cole warte, frage ich mich, ob es nicht doch besser ist, mir ein Uber zu bestellen und einfach zu gehen. Aber eigentlich hätte ich Cole gerne nochmals gesehen, denn wir haben nicht mal besprochen, wie es jetzt weitergeht. Muss ich wieder Tage warten und mich die ganze Zeit fragen, wo er ist und was er macht? Und was ist mit seinen Schwestern? Werden sie mich wirklich in Ruhe lassen?

Liz kommt als Erste die Treppen herunter.

»Willst du etwas trinken, während du wartest?«

»Nein, ist schon gut.«

»Es hat mich gefreut, dich kennenzulernen. Ich melde mich auf jeden Fall nochmals wegen der Boutiquehotels. Ich bin in ein paar Wochen in Maine, vielleicht fahre ich auf dem Nachhauseweg nach Boothbay Harbor. Das Hotel, das du dort ausgesucht hast, gefällt mir sehr.«

»Klingt gut.« Und sehr romantisch. Fährt sie allein? Oder mit dem heißen NHL-Spieler? Ich verkneife mir die Frage, so gut kennen wir uns nicht.

»Finde ich auch. Danke für den Tipp.«

Unser Gespräch wird von Cole beendet, der die Treppe hinuntereilt. »Wir können fahren.«

Ohne sich weiter zu erklären, nimmt er mir meine Tasche ab und öffnet die Haustür. Davor steht bereits sein Bentley. Cole umrundet den Wagen, hält mir einladend auch hier die Tür auf, bevor er meine Tasche im Kofferraum verstaut. Es fühlt sich ein bisschen an, als ob wir die Flucht ergreifen, denn wir scheinen beide erst aufzuatmen, als wir Coles Anwesen verlassen.

»Meine Schwestern können intensiv sein. Tut mir leid«, erklärt sich Cole.

»Ja, das lief nicht ganz so optimal. Mein Gott, war das peinlich, als Lilly und Lucas ihre Kostüme tauschen wollten. Deine Schwester hat bestimmt Wochen investiert, um sie zu nähen.«

»Ja, damit habe ich nicht gerechnet. Dein Kuchen war sehr lecker. Ich denke, ich behalte dich.«

»Ach ja? Aber was hast du eigentlich zu bieten?«, ziehe ich ihn auf.

»Das wirst du schon noch sehen.« Sein feuriger Blick schießt direkt in meine Mitte. Bedeutet es, wir verbringen die Nacht miteinander? Ich will es, auch wenn ich nicht weiß, wie ich dann morgen Anne begegnen soll.

. . .

Als wir eine Dreiviertelstunde später vor dem *Harris Hotel* ankommen, holt Cole meine Tasche und schlendert im Anschluss händchenhaltend mit mir zu den normalen Aufzügen. In der Lobby wimmelt es vor Gästen in eleganten Abendroben, doch niemand gesellt sich zu uns.

»Ein Maskenball findet im Hauptsaal statt«, erklärt mir Cole. Die Aufzugtür gleitet auf, wir steigen ein und fahren in mein Stockwerk. In wenigen Minuten muss ich mich entscheiden, ob ich aufs Ganze gehen will. »Meine Möbel werden Ende der Woche geliefert. Ich ziehe am Wochenende aus.« Ein bisschen Small Talk, um meine Nerven zu beruhigen. Mein Herz wummert wie verrückt. Wir stehen dicht nebeneinander, er hält meine Hand, streicht mit seinem Daumen über meinen Handrücken und setzt mich damit unter Strom. Mein Blick wandert zu seinem Mund. Die Luft um uns lädt sich auf.

»Brauchst du Hilfe?«, fragt mich Cole, während er mir dabei tief in die Augen sieht.

»Hilfe?«

»Beim Umzug.«

»Äh, nein, nein, ich denke nicht, aber danke.« Die Aufzugtür gleitet auf, wir sind angekommen. Ich steige als Erste aus, Cole ist dicht hinter mir. Und tief durchatmen, während ich meine Hände an meinem Mantel abwische. Wir tragen noch unsere Kostüme, ich die Perücke. »Der Schnäuzer steht dir gut.« Meine Stimme zittert, genauso wie meine Hand, als ich sie ausstrecke, um über Coles Oberlippe zu fahren. Er hält still, während in seinen hellen Augen ein Sturm tobt.

»Wirklich?«

Er glaubt mir kein Wort, dabei sieht Cole immer umwerfend aus. Wir nähern uns einander, er legt seine Hände auf meine Arme.

»Ansonsten geht er ganz einfach mit Watte und Creme ab.« Ich keuche auf, als ich Coles Lippen spüre. Ich will ihn so sehr. Aber im Gang sind überall Kameras installiert.

Abrupt drehe ich mich um, klaube meine Schlüsselkarte aus der Innentasche meines Mantels und erlaube mir dabei nicht infrage zu stellen, was ich hier tue. Wir sind erwachsen und ungebunden, den Rest blende ich aus. Es geht gerade nur um uns beide.

Ich brauche mehrere Anläufe, um die Tür zu entriegeln. Als ich eintrete, betätige ich den Lichtschalter. Selbst das grelle Licht der Deckenlampe schafft es nicht, meine Lust zu trüben und die Bedenken zu nähren. Ich drehe mich zu Cole um. »Bleibst du?« Ich weiß, was ich aufs Spiel setze, wenn er Ja sagt. Doch mein Mantel landet auf dem Boden, bevor er die Tür hinter sich geschlossen hat.

Im nächsten Moment presst er mich dagegen, während mich seine Lippen und seine Zunge in den Wahnsinn treiben und mich seine Hände zu versengen drohen. Wir stöhnen beide ungehemmt. Ich will ihm noch näher sein. Während er mich dicht bei sich hält, zerre ich an seinem Mantel.

Hastig streift er ihn ab, ohne dabei unsere ungezügelten Küsse zu unterbrechen. Kaum fällt der Mantel zu Boden, liegen seine Hände an meinem Gesicht, fahren zu meinen Schultern und zu meiner Taille. Solange er mich an die Tür drückt, kommt er nicht an meinen Reißverschluss heran. Dennoch will ich mich keinen Millimeter bewegen, bin viel zu sehr damit beschäftigt, nicht im Strudel meiner Lust unterzugehen.

Seine Hände umfassen meinen Po, massieren ihn. Ich bin bereits feucht, doch auch Coles Erregung spüre ich überdeutlich, als ich mich dagegen presse.

»Ich will dich.« Seine Stimme ist so rau und tief, ein Schauer erfasst mich.

»Ich will dich auch.«

Sein Mund wandert zu meinem Kinn und weiter zu meiner Halsbeuge. Als er an meinem Ohrläppchen knabbert, muss ich mich an Coles Jackett klammern, um nicht umzuknicken.

Wir lösen uns von der Tür, seine Finger bewegen sich meine Wirbelsäule herauf und beginnen, an meinem Nacken angekommen, den Reißverschluss zu lösen. Gleichzeitig ziehe ich an seinem Jackett und nachdem er es abgeschüttelt hat, fummle ich bereits an seinen Hemdknöpfen. Aber Cole umfasst meine Hände, um mich aufzuhalten.

»Hast du es eilig?«

»Hältst du mich hin?«

Sein Blick verdunkelt sich. Gleich wird er mir sagen, dass der Preis zu hoch ist. Ich komme ihm zuvor und lege meinen Zeigefinger auf seine Lippen. »Ich will das hier, wenn du es auch willst. Und ich bin mir ganz sicher, dass ich es nicht bereuen werde.« Und um zu verdeutlich, dass meine Gefühle aufrichtig sind, küsse ich ihn dieses Mal langsam und innig. Zärtlich berührt er mein Gesicht, als ob ich das Wertvollste auf der Welt wäre. Doch bald übermannt uns wieder unsere Lust.

»Ich sollte dich vorwarnen«, sage ich, »ich trage Thermounterwäsche, nicht sehr sexy.«

»Alles an dir ist sexy.« Zum Beweis legt er meine Hände auf seine beachtliche Erektion. Oh ja, ich habe sie bereits gespürt. Als ich mit meinen Fingernägeln seine Länge nachfahre, knurrt Cole und öffnet in einem Zug mein Kleid. Es rutscht zu Boden. Cole hilft mir herauszusteigen und führt mich danach direkt zum Bett.

Das Zimmer ist nicht sehr groß, wir haben nur wenig Bewegungsfreiheit. Aber es genügt, damit sich Cole vor mich kniet und mir nacheinander die Stiefel auszieht. Und obwohl sich sein Blick dabei verschleiert, ziehe ich gleichzeitig mein Oberteil aus und gratuliere mir dazu, dass ich darunter Spitzenunterwäsche angezogen habe. Cole scheint nach Luft zu schnappen, damit hat er wohl nicht gerechnet. Denn er öffnet den Mund, doch anstatt etwas zu sagen, befeuchtet er seine Lippen. Mein Innerstes zieht sich zusammen, eine Reaktion auf das Versprechen in seinen Augen. Es ist nicht zu übersehen.

»Du bist dran.«

Cole tut mir den Gefallen, endlich sein Hemd auszuziehen. Mein Blick wandert von seinen breiten Schultern über die ausgeprägten Brustmuskeln zum beeindruckenden Sixpack. Aber die V-Leiste lässt mich trocken schlucken. Verdammt, ist der Mann sexy.

»Du bist dran«, wiederholt er meine Worte, als er gleichzeitig die Schnalle öffnet und danach den Gürtel aus den Schlaufen zieht. Langsam streife ich meine lange Unterwäsche komplett ab, behalte mein Spitzenhöschen genau wie den BH noch an. Auch Cole zieht seine Hose noch nicht aus.

»Hätte nicht gedacht, dass mich gegelte Haare

und ein aufgemalter Schnurrbart so scharf machen können.«

Er lacht auf, während ich mit meinen langen Haaren spiele und ihm einen lasziven Blick zuwerfe. Doch die Perücke ist unpraktisch und so ziehe ich sie aus und das Haarband darunter gleich mit. Wie sehr mich Cole begehrt, steht ihm ins Gesicht geschrieben. Noch nie hat mich ein Mann so angesehen. An ihn könnte ich mein Herz verlieren, oder habe ich das wirklich schon getan? Ich befürchte, die Antwort ist Ja.

## COLE

Hannahs roter Lippenstift ist größtenteils verschmiert, aber es ist mir egal. Für mich ist sie die erotischste Frau, die ich jemals getroffen habe. Alles, was sie mir von sich zeigt, ist sie. Nichts ist gespielt, nichts verstellt. Doch besser ich lasse sie nicht noch länger warten, denn wenn sie sich weiter so lasziv über die Lippen leckt und mit ihren aufgestellten Nippeln spielt, werde ich in meiner Hose kommen und das habe ich ganz sicher nicht vor. Bevor ich mich zu Hannah lege, hole ich aus meinem Mantel die Brieftasche und deponiere sie auf dem Nachttischchen. Ich habe keine schnelle Nummer vor, ganz im Gegenteil, will ich die ganze Nacht bleiben. Nachdem ich mich zu ihr gesetzt habe, beginne ich sie wieder zu küssen.

»Ich liebe deinen Duft.« Sanft knabbere ich an ihrer linken Schulter, küsse sie auf der zarten Haut über ihrem Dekolleté, weiter zur Halsbeuge und achte dabei auf die Geräusche, die sie von sich gibt. Sie atmet abgehakt, hält die Augen geschlossen, aber ihren Mund ein Stückchen offen. Als ich mit meinen Lippen über ihre Brustwarzen fahre, stöhnt sie auf. Ich necke sie durch den Spitzenstoff, sauge abwechselnd an ihren Nippeln und fahre mit meinen Fingernägeln darüber. Hannah zittert, die aufgestellten Härchen an ihren Armen entgehen mir nicht. Aber ich will mehr. Und so streife ich die Träger ihres BHs ab und ziehe danach die Schalen herunter, um ihre Brüste hochzudrücken. In meiner Hose wird es immer enger, ich bin steinhart, bleibe aber dabei, Hannahs Brüste zu kneten und immer wieder ihre Nippel zu zwirbeln und daran zu lecken. Sie keucht als Reaktion, bewegt ihre Hüften, doch sie findet keinen Widerstand, da ich mich seitlich von ihr befinde.

Offenbar möchte Hannah nicht noch länger warten, denn im nächsten Moment streift sie sich ihr Höschen ab. »Bitte, Cole, sonst muss ich selbst Hand anlegen.«

»Untersteh dich«, knurre ich, was sie abermals aufkeuchen lässt. Neckend fahre ich mit meinen Fingern über ihren Bauch zu ihrer Mitte. Hannah greift plötzlich nach meiner Erektion in meiner Hose. Gleichzeitig stöhnen wir auf, denn während ich steinhart bin, ist sie klatschnass. Ohne damit aufzuhören, sie mit meinen Finger zu stimulieren, rutsche ich höher, ich will sie küssen.

Sie legt ihre Arme um meinen Nacken, hält mich dicht bei sich. Während wir uns wild küssen, erhöhe ich mein Tempo an ihrer Klit. Sie ist geschwollen, Hannah keucht und zittert, als ich ihre Perle umkreise und danach zwei Finger in sie eintauche. Hannahs Küsse werden fahriger, ihr Höhepunkt baut sich auf. Ich möchte sie fliegen sehen. So krümme ich meine Finger in ihr, reibe über ihren G-Punkt und reize mit meinen Daumen weiter ihre Klit. »Cole, ich kann … nicht … Ahhhh!« Oh doch und ob, denn ihre Mitte zieht sich in dem Moment um mich zusammen. Das nächste Mal will ich, dass Hannah mich ansieht, wenn sie kommt.

Ganz sanft streichele ich sie weiter, bis sie sich beruhigt. Schweiß bedeckt ihre Haut, die ich einfach nicht aufhören kann, anzufassen. Ich platziere einen letzten Kuss auf ihre geschwollenen Lippen, bevor ich mich aufrichte, mich komplett ausziehe und das Kondom aus meiner Brieftasche herausnehme und überstülpe. Hannah sieht mir inzwischen aus halb geöffneten Lidern zu. Abrupt setzt sie sich auf und kommt mir auf allen vieren entgegen. Ich schubse sie sanft zurück aufs Bett, lege mich neben sie und ziehe sie auf meinen Schoß. Das ist es doch, was sie will, und obwohl ich ihr nicht die Kontrolle überlassen werde, genieße ich ihre Hände auf mir. Als sie mich in Zeitlupentempo in sich einführt, stoppt sie immer mal wieder, zieht sich zurück, nur um mich im nächsten Atemzug tiefer aufzunehmen.

Sie lächelt, beugt sich zu mir und küsst mich, während sie mich mit einem trägen Tempo und ihren kreisenden Hüften in den Wahnsinn treibt. Aber jetzt brauche ich mehr. So drehe ich uns, was Hannah vor Überraschung aufschreien lässt, bevor sie mir mit ihren Hüften entgegenkommt und mich zusätzlich mit ihren langen Beinen umschlingt, um mich tief in sich zu halten. Wir stöhnen beide ungehemmt, als ich ein rasches Tempo anschlage. Verdammt, fühlt sie sich gut an. Diese erste Runde wird bald vorbei sein, doch ich will, dass Hannah mit mir kommt. Ich ziehe mich weiter aus ihr zurück, damit ich ihre Klit noch einmal stimulieren kann. Dann versenke ich mich wieder tief in ihr.

»So gut«, murmelt sie immer wieder, zieht mich zu sich und küsst mich. Ich liebe es, Hannahs Gefühle ungefiltert zu spüren, ihre Lust, die ich in ihr entfache, zu sehen. *Du bist alles, was ich will.* Als sich Hannah um mich zusammenzieht, beende ich unseren Kuss.

»Sieh mich an.«

Sie öffnet ihre Augen, kann mich nur mit Mühe fokussieren, aber als ich meinen Höhepunkt durch mich hindurchrasen spüre, verhaken sich unsere Blicke und ich tauche in ihre Seele ein, bevor ich diese Welt einen Moment verlasse.

Keuchend bleiben wir dicht beieinander liegen. Mein Herz pocht wie wild. Die Erkenntnis, dass ich mich verliebt habe, raubt mir den Atem. Statt das Weite zu suchen, ziehe ich Hannah noch dichter an mich und küsse sie zärtlich. Es gibt keinen Ort, an dem ich lieber sein möchte als hier.

# Kapitel 15

HANNAH

Es ist noch früh, aber ich bin bereits wach. Neben mir liegt Cole auf dem Bauch und schläft selig. Er nimmt den größten Teil des Bettes ein, einen Arm hielt er dabei die ganze Nacht um mich geschlungen. Als ob er mich festhalten wollte. *Du bist alles, was ich will,* spukt mir im Gehirn rum. Ich bin nicht sicher, ob Cole weiß, dass er das laut ausgesprochen hat. Wahrscheinlich sollte ich dieser Aussage gar nicht so viel Gewicht beimessen, schließlich waren wir beide kurz vor dem Höhepunkt und somit kaum zurechnungsfähig. Doch mit diesem kleinen Satz ist in mir ein Knoten geplatzt und ich konnte loslassen. Und jetzt klammert sich mein

Herz an eine gemeinsame Zukunft. Wir haben sie nicht ausgeschlossen, nur auch nicht konkret darüber geredet. Nein, wir sind unserer Anziehung und Lust gefolgt. Und jetzt will ich herausfinden, was aus uns werden könnte. Doch wie sollen wir es langsam angehen? Mit seinen Kindern und mit mir als seiner Angestellten ist das kaum möglich. Wobei die Frage wohl eher ist, wie wir es schaffen, überhaupt Zeit füreinander zu haben.

»Denkst du immer so laut nach?«, brummt Cole ins Kissen.

»Du kannst mich gar nicht denken hören, das ist nicht möglich.« Ich beuge mich zu ihm, küsse ihn auf seine Wange. »Guten Morgen.«

»Guten Morgen. Wie spät ist es?«

»Erst sechs, du kannst noch liegen bleiben.« Wir haben nur ein paar Stunden geschlafen, doch ich bin nicht mal müde.

Als ich aufstehen will, zieht Cole mich zurück und scheint auch plötzlich hellwach zu sein. Er sieht mich wieder so ernst an, dass ich nervös werde. Der Morgen danach – wird es gleich komisch zwischen uns werden? Ich will es nicht. Und so bin ich es, die nach den Kondomen greift und unsere Körper ein letztes Mal für uns sprechen lässt. Vielleicht feige, nur was spielt es für eine Rolle, wenn ich noch eine Stunde die Realität vergesse? Aber dann kann ich nicht länger aufschieben, dass wir zur Arbeit müssen.

»Willst du zuerst duschen? Ich kann uns in der Zwischenzeit Frühstück bestellen.«

»Danke, ich beeile mich.« Cole springt fast aus dem Bett, sein Energielevel ist erschreckend hoch. Muss ich mir merken, denke ich schmunzelnd. Während er unter der Dusche ist, bestelle ich Kaffee und Frühstück, dann mache ich mich ans Aufräumen. Unsere Mäntel hänge ich an die Haken neben der Tür, Coles Anzug lege ich ihm aufs Bett. Er hat nicht mal Umziehsachen dabei. »Hast du Ersatzkleidung im Büro?! Oder fährst du hoch in deine Wohnung?!«

Offenbar hört er mich nicht. Aber im nächsten Moment wird das Wasser abgestellt und Cole kommt nur mit einem Handtuch um die Hüften ins Zimmer.

»Das ging ja schnell.«

Er verpasst mir einen feuchten Schmatzer. »Normalerweise bin ich ein Morgenmuffel.«

»Ach ja? Das kann ich kaum glauben.«

»Das liegt an dir.« Er küsst mich noch einmal, jetzt tief und innig. Wohin das führt, ist klar, doch gleich wird das Frühstück serviert.

»Ich muss auch noch unter die Dusche«, halbherzig drücke ich ihn von mir.

»Hmm.« Er zieht mich zurück.

»Und dann zur Arbeit.«

Sein Seufzer macht klar, dass er lieber etwas anderes tun würde, doch er lässt mich los.

»Ich bin gleich zurück.« Ein letzter Kuss, dann dusche ich selbst in Rekordtempo. Zum Glück sind meine kurzen Haare pflegeleicht, aber so schnell war ich noch nie fertig. Ganz aufgekratzt schnappe ich mir den flauschigen Bademantel von der Tür. »Na, da staunst du, was?«

Aber Cole scheint mir gar nicht zuzuhören. Er steht in seinem Anzug und mit grimmigem Gesichtsausdruck am Fenster und telefoniert. Dabei blättert er in den Papieren, die dort liegen.

»Sie hat was getan?!«

Coles Stimme lässt mich frösteln. Mit wem telefoniert er denn?

»Nein, natürlich nicht! Das hat mir gerade noch gefehlt. Ich bin in fünfzehn Minuten im Büro.« Er legt auf, starrt weiter auf die Papiere, doch ich bin mir nicht sicher, ob er sie überhaupt liest.

»Hey, ist alles in Ordnung?«, frage ich zögernd.

Ruckartig zuckt sein Kopf zu mir. »Was ist das?!« Er hält meine Ausdrucke hoch.

»Das sind ein paar Hotels in Kalifornien. Emily hat sie mir geschickt, sie expandieren. Also …«

»Also gehst du jetzt nach Kalifornien?!« Die

Ader an seinem Hals tritt hervor, er ist fuchsteufelswild.

»Was? Nein, natürlich nicht. Ich habe mir die Hotels bloß ausgedruckt, um sie besser ansehen zu können.« Das klingt nicht sehr überzeugend. »Emily ist meine Freundin und ich finde es spannend, dass sie und Chase sich bereits nach einem weiteren Hotel umsehen.«

»Ach, darum auch die vielen Herzchen? Und deine Kommentare ›Perfekt, um auf dem Grundstück zu wohnen‹ oder ›Schöne Privatvillen in der Nähe‹. Verarschen kann ich mich selbst!« Cole wirft das Dossier auf den Tisch und marschiert zur Tür.

»Warte?! Was soll das? Wenn du mir nicht glaubst, ruf Emily an. Chase sucht ein Hotel für sich und …«

»Ich will es nicht hören, kapierst du das nicht?!« Mit einem Knall wirft er die Tür hinter sich zu. Was für ein Arsch! Und gleich werden wir uns im Büro sehen und so tun, als ob nichts wäre? Ach nein, Anne will ja mit mir reden. Toll, einfach toll!

Doch als ich eine halbe Stunde später im Büro ankomme, ist Cole gar nicht da. Ich könnte Shannon fragen, wo er ist, aber was würde es mir bringen? Was wir zu besprechen haben, ist privat, und so wütend, wie er aus meinem Zimmer gestürmt ist, würde er mir sowieso nicht zuhören. Besser, wir kühlen beide unsere Gemüter ab, bevor wir uns noch Dinge an den Kopf werfen, die wir nicht mehr zurücknehmen können. Also versuche ich mich auf die Arbeit zu konzentrieren, auch wenn ich am liebsten doch zuerst mit Cole reden würde. Denn ich kriege ihn einfach nicht aus meinem Kopf.

Anne klopft am späten Morgen an meine Tür und tritt dann gleich ein.

»Möchtest du einen Kaffee oder einen Tee?«, biete ich ihr an. Mit ihren streng zurückgekämmten Haaren und ihrem faltenfreien Anzug schüchtert sie mich ein wenig ein. Ihr Lächeln wirkt verhalten. Weiß sie von Coles und meinem Streit? Werde ich mich jedes Mal fragen, was er seinen Schwestern über uns erzählt?

»Nein, danke. Lass uns gleich deinen Bericht durchgehen. Hast du die Finanzunterlagen inzwischen bekommen?«

»Noch nicht alle.« Mit meinem Laptop nehme ich neben Anne am Sitzungstisch Platz. »Valerie und Ari sind etwa mit der Hälfte durch. Da sie noch andere Aufgaben wahrnehmen, kommen wir nicht so rasch voran. Ich kann sie heute unterstützen und dir bis Ende nächster Woche eine Hotelauswahl schicken.«

»Gut, zehn Hotels, wenn es ein paar mehr sind, geht das auch klar. In der Zwischenzeit habe ich weitere Bewerbungen erhalten und erste Gespräche geführt. Ich bin zuversichtlich, dass ich das Projektteam in Kürze um zwei Personen aufstocken kann, Vollzeit.« Annes prüfender Blick bohrt sich in meinen. Ich lasse mir nicht anmerken, dass ich liebend gerne die Leitung des Teams behalten würde. Doch unter den gegebenen Umständen sieht es sehr nach Gefälligkeit aus. Mist.

»Das klingt gut. Ich mache mich gleich an die Arbeit.«

»Schön. Ich bin in meinem Büro.«

Sie verabschiedet sich. Die Situation ist mehr als unangenehm. Hat ihr Cole vielleicht sogar gesagt, dass ich sowieso bald in Kalifornien bin und Anne hat mich bereits abgeschrieben? Ist sie darum so kühl oder hat es gar nichts mit mir zu tun? Aber die letzten Wochen war sie doch viel freundlicher.

Ich komme nicht weiter, und hier zu hocken, in Rachels ehemaligem Büro, fühlt sich falsch an. Also packe ich meine Sachen zusammen und fahre in den dritten Stock. Im Kundenservice ist es zwar laut, aber niemand sieht mich schief an. Mit meinen lärmreduzierenden Kopfhörern ausgerüstet, mache ich mich an die Arbeit. Und heute Abend werde ich mit Cole reden und dann hoffentlich das Missverständnis aus der Welt schaffen.

## COLE

»Mom und Dad sind gelandet«, informiert mich Taylor. Statt im Büro haben wir uns in meiner Stadtwohnung im Hotel getroffen. Was für ein Desaster! Fuck! Dixies Song bekomme ich nicht mehr aus dem Kopf: *»... deine Liebe war bittersüß, hätte ich bleiben sollen? Ich werde nie wissen, was aus uns hätte werden können ... ob ich dich so hätte lieben lernen können, wie du mich liebst ...«*

Die Presse überschlägt sich mit Meldungen, denn nicht nur spielt Dixie nach fast sechs Jahren wieder Konzerte in Las Vegas, sondern will auch noch etwas Großes ankündigen.

Was?! Will mir Dixie mit ihrem Lied irgendetwas sagen? Dass sie einen Fehler begangen hat? Dass sie uns eine Chance geben möchte? Aber dann hätte sie mich anrufen können, oder? Oder plant sie ein öffentliches Outing?

»Fuck! Das kann doch alles nicht wahr sein!«

Ich raufe mir die Haare, stehe auf und tigere durch meine Wohnung.

»Was willst du tun?«

»Keine Ahnung.« Frustriert bleibe ich stehen. »Lucas hat mich gestern nach seiner Mom gefragt. Er wollte wissen, ob es Hannah ist.« Hannah, die bald nach Kalifornien gehen wird. Ich kann nicht glauben, dass ich mich so in ihr getäuscht habe.

»Was hast du ihm gesagt?«

»Dass sie es natürlich nicht ist!«, fahre ich Taylor an. »Entschuldige.«

Taylor reagiert nicht einmal. Sie sitzt an meinem Esszimmertisch und betrachtet mich ruhig, während ich nicht still sitzen kann. Es war ein Fehler hierherzukommen, alles erinnert mich an Hannah und mich. Ich muss mich beruhigen, so kann ich nicht klar denken. Und jetzt haben meine Eltern ihre Weltreise auch noch abgebrochen. Dass mein Dad mir meinen Posten nicht zutraut, hätte er nicht deutlicher zeigen können.

»Ich muss nach Las Vegas, mit Dixie reden«, denke ich laut nach. Ich habe überhaupt keine Zeit dafür.

»Gut, ich komme mit. Ich bereite den Jet vor.«

»Wir machen noch einen Stopp in L. A. Ich muss die Moral der Mitarbeiter wieder aufbauen.« Was bedeutet, dass ich in Zukunft präsenter sein werde. Irgendwie werde ich es schon schaffen, meine Arbeit und meine Kinder unter einen Hut zu bringen. Ich darf mich eben nicht mehr ablenken lassen, ganz einfach. Dass ich mich gerade selbst belüge, ignoriere ich.

»Ich melde mich, wenn es losgeht.« Taylor erhebt sich.

»Danke.«

»Natürlich.«

Als ich allein bin, beginnen meine Gedanken wieder zu rasen. Um sie zu stoppen, verliere ich mich im Aktivismus. Zuerst rufe ich Shannon an, damit wir meine Termine verschieben, danach arbeite ich, bis mich Taylor informiert, dass es losgeht. Alles, um nicht an Hannah, Dixie oder an meine Eltern zu denken, ist willkommen. Bereits auf dem Flug nach Las Vegas beginne ich wieder zu grübeln.

»Sir, kann ich Ihnen noch etwas bringen?« Die Flugbegleiterin sieht mich abwartend an.

»Nein, danke.« Mit einem Nicken zieht sie sich zurück.

»Was machst du?«, fragt mich Taylor – schon wieder. Sie sitzt mir gegenüber, lässt mich nicht aus den Augen.

»Nichts.« Ich starre auf mein Handy und frage mich, ob Dixie in der Zwischenzeit ihre große Ankündigung gemacht hat. Gleichzeitig wünsche ich mir, Hannah wäre hier. Ich vermisse sie, wie grotesk. Wahrscheinlich hat sie bereits ihre Kündigung eingereicht.

»Und das ›Nichts‹ hat nicht zufällig mit Hannah Porter zu tun?«

»Es läuft nichts zwischen uns, also lass es gut sein.«

»Das glaubst du doch selbst nicht. Was ist, habt ihr euch gestritten?«

»Es läuft nichts zwischen uns«, wiederhole ich verstimmt.

»Wieso nicht? Augenscheinlich mögt ihr euch doch.«

»Ach, und auf einmal ist sie deine beste Freundin, oder was?«

»Hey, ich bin nicht der Feind. Aber du musst schon zugeben, dass du uns alle etwas überrumpelt hast. Und das letzte Mal, als das passiert ist …«

»Ja, danke, ich weiß, was das letzte Mal passiert ist. Aber keine Angst, Hannah wird bald wieder verschwinden. Chicago war nur ein Intermezzo.«

»Wirklich? Sie hat gar nicht so gewirkt.«

Nein, das hat sie nicht.

»Also habt ihr gar nicht die Nacht zusammen verbracht?«, bohrt meine Schwester weiter.

Ich schweige mich aus. Es geht Taylor überhaupt nichts an.

»Weißt du, du musst nicht immer alles mit dir

allein ausmachen. Keiner von uns wertet oder verurteilt dich. Falls du das meinst.«

»Also sind Mom und Dad nicht frühzeitig zurückgekommen, weil Dad denkt, ich packe es nicht?«

»Nun, soweit ich weiß, sind sie bei dir zu Hause und verbringen Zeit mit ihren Enkeln. Oder denkst du, Dad hockt in deinem Büro oder ist noch vor dir auf dem Weg nach L. A., um die Moral unserer Mitarbeiter zu stärken?« Taylor lehnt sich in ihrem Sitz nach vorne. »Es kann aber sein, dass Lilly und Lucas ihnen gerade von einer tollen Frau vorschwärmen, die nicht nur mit ihnen eislaufen und in einem echten Kino war, sondern auch in die Stadt gefahren ist und für sie gebacken hat.«

»Lilly und Lucas sind mit Rachel und Owen im Zoo. Sie können Mom und Dad gar nichts von Hannah erzählt haben«, halte ich stur dagegen, anstatt Taylor zu sagen, dass es keine Rolle mehr spielt. Denn das tut es. Ich will Hannah nicht aufgeben und das ist der Teil, der mich so unglaublich wütend macht und enttäuscht. Hoffnung – sie ist so trügerisch. Und jetzt stecke ich gefühlsmäßig wieder viel zu tief drin. Schon wieder.

»Im Zoo? Wow, muss ich mich bei Hannah bedanken, dass du endlich die Zügel etwas lockerer lässt?«

»Vielleicht.«

»Sie scheint wirklich etwas Besonderes zu sein.«

Das dachte ich auch. Aber warum kämpfe ich dann nicht um sie? Um Dixie habe ich es doch auch getan. Umsonst. Und Hannah ist es sogar wert, denn sie ist wirklich etwas ganz Besonderes. Vielleicht ist doch nicht alles so schwarz und weiß, wie ich immer dachte.

## HANNAH

»Vielen Dank für deinen Input«, sagt Emily, »wir haben die Auswahl der Hotels auf drei begrenzt. Ich kann es immer noch nicht glauben, dass wir bald ein neues Hotel kaufen. Aber mit Chase' Brüdern als Investoren fühle ich mich wirklich gut.« Ihre Stimme überschlägt sich am Telefon fast, während ich in meinem Hotelzimmer auf das Gebäude vor mir starre und mich zusammenreißen muss, um vor Emily nicht loszuheulen.

»Ihr wolltet nie nur ein Hotel haben. Und dass die Pläne für ein zweites jetzt so rasch Form annehmen, ist zwar beeindruckend, aber ich habe gar nichts anderes erwartet. Ihr seid eben wirklich ein Traumduo.«

»Ich bin sehr glücklich.«

»Ich freue mich sehr für euch.«

»Und du hast immer einen Platz bei *King & West Hotels*. Auch in Kalifornien.«

Ich lasse mir nicht anmerken, dass Cole mir genau das vorgeworfen hat. Dass ich bei der erstbesten Gelegenheit zurückgehe. Aber warum sollte ich das tun? Wie kam er auf diese Idee? Eine Frage, die ich ihm zu gerne stellen würde, leider kann ich ihn nicht erreichen. Er reagiert weder auf meine Nachrichten noch auf meine Anrufe.

»Oder, wo ihr sonst noch eröffnen werdet«, kommentiere ich Emilys letzte Aussage.

»Ich denke, mit zwei Hotels sind wir eingedeckt, aber ja, sag niemals nie. Alles ist möglich.«

*Alles ist möglich.* Gilt das auch für Cole und mich? Ich kann es mir im Moment nicht vorstellen. Ernüchtert lasse ich mich aufs Bett plumpsen.

»Wie geht es dir denn? Gefällt dir die Arbeit?«

»Ja, sie macht mir Spaß.«

»Schön, hast du denn schon ein paar Freunde gefunden?«

»Ich hatte noch keine Zeit.«

»Spannt dich Anne Harris dermaßen ein?«

»Es wird bald besser. Das Team befindet sich ja noch im Aufbau. Anne meinte, ich bekomme bald Verstärkung. Und übrigens, übermorgen werden meine Möbel geliefert. Ich kann es kaum erwarten, meine neue Wohnung einzurichten. Sie liegt in einem Quartier mit vielen Cafés und Bars. Ich freu mich sehr darauf.«

»Das klingt doch toll. Schick mir unbedingt Fotos. Und fährst du zu Thanksgiving nach Hause?«

»Ja, so wie immer. Mit meinem Dad eislaufen zu gehen, ist unsere Tradition.« Und uns ein altes Spiel der Philadelphia Pucks im Fernsehen anzuschauen. Nur jetzt würde ich auch immer daran denken, dass Liz Harris mit einem Spieler befreundet ist. Offenbar werde ich die Harris-Familie nicht mehr los, aber ich will es auch gar nicht. Ich mag sie, sehr sogar. Und ich wäre gerne ein Teil davon.

»Das ist schön. Ich wünsche euch viel Vergnügen.«

»Danke, auch für den Anruf.«

»Immer. Bis bald.«

»Bis bald.« Wir legen auf und jetzt heule ich doch noch. Wieso ist alles so schwierig? Aber ich werde nicht aufgeben. Denn wenn Cole denkt, dass er ohne klärendes Gespräch davonkommt, dann hat er sich gewaltig geschnitten. Dass ich Gefühle investiert habe, ist wohl mein Problem, aber wenn er mich doch nur als One-Night-Stand gesehen hat, wüsste ich es trotzdem gerne.

Da ich immer noch kein Lebenszeichen von

ihm bekommen habe, beschließe ich, meinen Abend nicht im Hotelzimmer mit Grübeln zu verbringen. Stattdessen wasche ich mir mein Gesicht und schminke mich sorgfältig. Nachdem ich meine Bürokleider gegen eine enge Jeans, eine frische Bluse und meinen dunklen Blazer gewechselt habe, schnappe ich mir meinen Mantel und meine Tasche und verlasse das Hotel. Es wird Zeit, dass ich mir die Bar ansehe, die mir Valerie und Ari empfohlen haben.

## COLE

Genau wie das letzte Mal wohnen wir in Las Vegas im *Aria*. Seit dem einen schicksalhaften Abend mit Dixie war ich nicht mehr hier. Taylor begleitet mich zum *Caesars Palace*, wo Dixie auftritt, aber sie kommt nicht mit in den Saal. »Ich tracke deinen Aufenthaltsort. Wenn was ist, ruf mich. Ich bin in der Nähe. Aber tu mir den Gefallen und lass dieses Mal dein Handy wirklich auch an.«

»Ich habe nichts anderes vor. Bis später.«

Ich folge Dixies Fans in den Saal. Auch dieses Mal habe ich einen Platz in der Loge ergattert, doch ich kenne niemanden der anderen Besucher. Fast schon teilnahmslos sehe ich zu, wie die Fans ihre Plakate hochhalten, bereits beginnen Dixies Hits zu singen und es kaum erwarten können, dass sie die Bühne betritt.

Als das Licht ausgeht, schreien die Besucher: »Dixie! Wir lieben dich! Dixie!!!« Ich fühle gar nichts, bin komplett leer. Gleich wird die Musik einsetzen und ihre Band von links auf die Bühne treten. Ich kenne den Ablauf auswendig, habe mir immer und immer wieder ihre bis ins letzte Detail einstudierte Show in Las Vegas angesehen. Denn Dixie hat ausgerechnet von »unserem« Abend eine Live-DVD herausgebracht. Am liebsten würde ich verschwinden, doch ich zwinge mich hinzusehen, wenn Dixie auftritt. Die Melodie ihres neuesten Hits erklingt, ein Schauer erfasst mich. Kurzzeitig schließe ich die Augen und lasse mich einen Moment wieder fünfeinhalb Jahre zurückkatapultieren. Dixies Worte lassen mich glauben, dass wir noch eine zweite Chance haben. Aber ich weiß es besser. Und als ich meine Augen öffne, in ihr Gesicht auf der Leinwand über der Bühne blicke, kann ich mich nur noch daran erinnern, wie hässlich sie hinter ihrem perfekten Äußeren sein kann. Die Frau auf der Bühne interessiert mich nicht. Es ist egal, was sie singt, wenn sie sich für die Kinder interessieren würde, hätte sie sich gemeldet.

Dennoch schulde ich es mir selbst zu erfahren, was sie will. Ob die große Ankündigung nur ein

PR-Gag ist oder ob doch mehr dahinter steckt. So warte ich die Show ab, gehe im Anschluss hinter die Bühne und lehne mich wie letztes Mal an die Wand gegenüber der Fan-Ecke. Dixie kann mich beim besten Willen nicht übersehen.

Heute trägt sie ein rotes, enges Oberteil zu dunklen Jeans und Cowboystiefeln. Sie sieht großartig aus. Und obwohl sie mich keines Blickes würdigt, bin ich sicher, dass sie mich entdeckt hat. Beinahe habe ich das Gefühl, dass sie nicht überrascht ist, mich zu sehen. Also doch alles Berechnung?

Auf jeden Fall lässt sie sich von ihren Fans feiern, bis meine Geduld nur noch an einem seidenen Faden hängt. Als ob sie ahnt, dass ich gleich gehen werde, beendet sie das Fantreffen und kommt direkt auf mich zu. »Cole, welch Überraschung.« Sie ist immer noch so schön wie früher, Lilly hat die gleichen grünen Augen. Aber ich bin mir sicher, dass Dixies charmantes Lächeln nur aufgesetzt ist und ihre Augen nicht für mich so funkeln.

»Wo können wir ungestört reden?«

»In meiner Umkleidekabine.« Dixie geht vor.

Als die Tür hinter uns in Schloss fällt, dreht sie sich zu mir um, bleibt mit überkreuzten Armen vor mir stehen und fragt mich harsch: »Was willst du?«

»Lilly und Lucas sind vor ein paar Tagen fünf geworden. Ich dachte, das wäre Grund genug, dir einen Besuch abzustatten«, fordere ich sie heraus.

»Die Kinder interessieren mich nicht. Ich habe mich klar ausgedrückt.« Sie ist verärgert. Ihre roten Lippen sind schmal und ihr Blick eisig. Ich verschwende meine Zeit. Aber gerade ist es mir absolut egal, denn ich bin noch nicht fertig.

»Wirklich? Ich habe dir trotzdem ein Foto mitgebracht.« Unaufgefordert zücke ich mein Handy, rufe einen Schnappschuss von Lilly und Lucas auf und halte Dixie das Bild unter die Nase. Sie wirft nicht einmal einen Blick darauf. Reckt stattdessen ihr Kinn und wartet. »Lucas hat nach dir gefragt. Interessiert dich das?« Ich lasse sie nicht aus den Augen. Egal wie klein, ich will keine Regung in ihrem Gesicht verpassen.

»Was soll das, Cole? Habe ich mich doch nicht klar genug ausgedrückt?«

»Fünf Jahre sind eine lange Zeit, ich wollte nur sehen, ob du es dir anders überlegt hast.«

Endlich verändert sich ihre starre Maske. Ich zeige Dixie noch einmal das Bild ihrer Kinder. Sie strahlen darauf um die Wette. Ich habe es im Sommer aufgenommen, als wir im Sandkasten gespielt haben. Dixie dreht sich weg, geht zu ihrem Schminktisch in der Ecke und zupft nachdenklich an einem Strauß Blumen. Als sie wieder aufsieht, fängt sie meinen Blick im Spiegel ein. »Meine Musik war immer das Einzige, das mich interessiert hat.«

»Und das Lied?«

»Alle meine Lieder sind sehr emotional, es geht darin nicht um uns.«

»Deine große Ankündigung?«

»Eine neue Tour, England, Kanada und die Staaten, fast hundert Konzerte in acht Monaten.«

»Verstehe.« *Die Musik war immer alles, was sie wollte.* Es ist nicht das erste Mal, dass sie mir das sagt, doch zum ersten Mal akzeptiere ich es. »Ich wünsche dir weiterhin viel Erfolg.«

»Danke.«

Wir starren uns im Spiegel an. Das war's also. Ich kann nicht behaupten, dass es mir leicht fällt, einen Schlussstrich zu ziehen, aber ich muss es tun, wenn ich endlich meine Warteposition verlassen und wieder richtig leben möchte.

Ein letztes Mal nicke ich Dixie zu, bevor ich gehe. Sie wird immer die Mutter meiner Kinder sein, doch sie ist nicht unsere Zukunft. Noch bevor ich den Backstagebereich verlassen habe, rufe ich Taylor an.

»Hey, wie lief's?«

»Lass uns nach L. A. fliegen.«

»Ich warte am Westausgang, bis gleich.«

»Bis gleich.«

Auch wenn ich als Nächstes sofort bei Chase King anrufen würde, um von ihm zu hören, was genau er in Kalifornien vorhat, muss ich mich gedulden, denn es ist bald Mitternacht.

Doch am nächsten Morgen wähle ich, kaum aus dem Bett gefallen, seine Nummer.

»Cole, was verschafft mir die Ehre?«

*»Wir werden nicht für ihn arbeiten, sag ihm das«,* höre ich eine helle Stimme im Hintergrund. Das muss Emily sein.

»Schon verstanden. Ich rufe wegen etwas anderem an. Ihr expandiert?« Meine Hände verkrampfen sich bereits, ich muss mich entspannen. So trete ich ans Fenster des *Ocean Harris Hotels* und sehe auf den Strand in Santa Monica und das Meer. Es ist ein trüber Tag in L. A., passt ja ganz gut zu meiner Stimmung. Denn es dauert für meinen Geschmack viel zu lange, bis mir Chase antwortet.

»Ja? Ist das ein Problem für dich?« Er klingt vorsichtig. So als ob er mir etwas verheimlichen würde. Dass er zum Beispiel Hannah zurückholt?

*»Was ist denn los?«*

Das wüsste ich auch gerne. Meine Anspannung wächst, dabei habe ich ja noch nicht einmal nach Hannah gefragt. Ich hoffe, ich irre mich, und wie ich das hoffe. Aber was kann ich schon tun, wenn sie sich entscheidet zu gehen? *Um sie kämpfen, schon vergessen?*

»Chase?« Wir müssen Tacheles reden.

»Ja, wir sind noch hier. Ich habe dich auf Lautsprecher geschaltet. Emily steht neben mir.«

»Ich habe bei Hannah Unterlagen von Hotels gesehen. Sie hat erzählt, dass sie euch unterstützt, weil ihr expandiert«, fange ich an.

»Sie hat uns nur in ihrer Freizeit unterstützt, also wenn du an ihrer Integrität zweifelst. Sie ist sehr fleißig und ich verbürge mich …«

»Nein, darum geht es nicht. Ich weiß das alles«, unterbreche ich Emily. Tief hole ich Luft. »Ich will sie nicht verlieren, eben aus den erwähnten Gründen und …«

»… das wirst du auch nicht«, unterbricht mich Emily. »Sie liebt Chicago.«

*Sie liebt Chicago*. Aber was ist mit mir? Habe ich es bei Hannah vermasselt?

»Nur die Arbeitsbelastung ist meiner Meinung nach zu hoch.«

Emily sorgt sich um eine Freundin, es ist nicht mehr, oder?

»Es wird bald besser, versprochen.«

»Das hat Hannah bereits erzählt.«

»Wir expandieren, weil meine Freundin in L. A. arbeitet«, sagt Chase. »Als Schauspielerin. Du hast sie bei der Eröffnungsfeier getroffen. Megan Cooper. Lilly und Lucas haben mit ihrer Tochter gespielt, Birdie.« Damit fügt er das letzte Puzzleteil ins Bild, denn natürlich erinnere ich mich an Birdie und Megan. Aber ich wusste nicht, dass sie in L. A. leben.

»Verstehe und gratuliere. Ich wünsche euch viel Erfolg.«

»Danke.«

Die Fragezeichen in ihren Stimmen sind nicht zu überhören. Aber ich muss mit Hannah sprechen, bevor ich hoffentlich selbst ein paar Neuigkeiten teilen kann.

»Das war schon alles. Bis dann.«

Nachdem wir aufgelegt haben, geht es mir besser und schlechter zugleich. Nie hätte ich Hannah so anschreien dürfen. Hoffentlich wird sie mich wenigstens noch anhören und nicht gleich zum Teufel jagen. Eine simple Entschuldigung wird bestimmt nicht reichen. Ich muss reinen Tisch machen.

# Kapitel 16

HANNAH

Der Wecker klingelt heute besonders laut. Dabei wäre ich sehr gerne liegen geblieben. Die Bar, *Jason's Tavern,* ist offenbar Chicagos zweitälteste Taverne und entsprechend habe ich mich die letzten beiden Tage durch ihre Biersorten getrunken. Liebeskummer ist ätzend. Doch heute ist Samstag und der Umzugswagen wird im Laufe des Tages eintreffen. Ich zwinge mich aus dem Bett, dusche kalt und beschließe, mein Frühstück in ein Café in der Nähe meines neuen Zuhauses zu verlegen. Meine Koffer sind gepackt, der Wagen bestellt. Heute sage ich dem ältesten *Harris Hotel* Lebewohl.

Und obwohl ich die letzten beiden Tage kein

Wort von Cole gehört habe, kann ich nicht widerstehen, in die oberste Etage zu blicken, als ich vor dem Hotel stehe. Er ist bestimmt nicht dort oben, aber wo sonst? Und warum meldet er sich überhaupt nicht? Ich verstehe es nicht.

»Miss.« Der Page hält mir die Tür zu meinem Wagen auf, meine Koffer sind bereits verstaut.

»Danke.« Ich steige ein und zücke mein Handy. Keine neuen Nachrichten. Soll ich nochmals anrufen, dieses Mal eine Sprachnachricht hinterlassen? Es ist erst sieben Uhr, aber bestimmt ist Cole schon wach, dreht seine Runden im Pool und stemmt danach Gewichte. Oder arbeitet er, bevor die Kinder aufstehen? Was haben sie für heute geplant? Ich vermisse Cole, ich vermisse Lilly und Lucas, aber offenbar ist das Gefühl einseitig. Seufzend packe ich mein Handy wieder weg.

So früh am Morgen an einem Samstag sind die Straßen noch leer, sodass mich der Taxifahrer bereits nach fünfzehn Minuten vor meinem neuen Wohnhaus absetzt.

Nachdem ich ihn bezahlt habe, sehe ich mich in der ruhigen Wohnstraße um. Das ist also mein neues Zuhause. Ich schieße ein Foto, um es später Emily zu schicken. Neben dem Wohnhaus liegt eine Schule, aber kein Gebäude ist höher als drei Stockwerke. Die alten Bäume, die die Straße säumen, gefallen mir besonders gut, obwohl sie jetzt kahl sind. Doch es fällt mir nicht schwer, sie mir im Frühling vorzustellen. Lake Michigan liegt zudem nur fünfzehn Minuten zu Fuß entfernt.

Ja, hier werde ich mich wohlfühlen. Und gleich nachdem ich meine Koffer in meine Wohnung gebracht habe, werde ich mir ein gemütliches Café suchen. So früh erwarte ich keinen Möbeltransporter.

Mein Apartment befindet sich im ersten Stock und ist winzig, gerade mal vierzig Quadratmeter, doch ich habe sogar ein separates Schlafzimmer, einen begehbaren Kleiderschrank und eine Badewanne.

Frohen Mutes fahre ich hoch, schließe meine Wohnung auf und atme tief durch. Home Sweet Home. Meine Koffer rolle ich direkt zum begehbaren Kleiderschrank, bevor ich meine Hände wasche und das Apartment kurz durchlüfte. Es ist wirklich nicht sehr groß und obwohl ich es ausgemessen habe, habe ich jetzt meine Zweifel, ob meine Bücherregale wirklich alle Platz finden werden. Ach was, wird schon klappen. Jetzt aber los, mein Magen knurrt.

Als es klingelt, entfährt mir ein: »Och nee!« Aber komisch, ich habe gar keinen Lastwagen gehört. Ich strecke den Kopf aus dem Fenster, die Straße ist genauso leer wie noch vor zehn Minuten. Seltsam. Es klingelt wieder. Von hier aus sehe ich den Hauseingang leider nicht. Also schnappe ich mir meine Hausschlüssel und reiße die Tür auf. Verdattert verharre ich in meiner Bewegung. Vor mir steht jemand mit einem riesengroßen Strauß langstieliger roter Rosen. Die Blumen verdecken die Sicht auf den Überbringer. In der nächsten Sekunde kommt ein reumütig aussehender Cole zum Vorschein.

»Hi.«

»Was machst *du* denn hier? Wie hast du mich gefunden?« Ich trete einen Schritt zurück, denn ich traue mir gerade selbst nicht über den Weg. Coles Anblick und sein zaghaftes Lächeln lassen mich vergessen, dass ich eigentlich sauer auf ihn bin.

»Hier, die sind für dich. Darf ich reinkommen?«

»Danke, aber nein, ich habe keine Zeit.« Ich nehme die Rosen, die sogar bereits in einer Vase stehen, und knalle ihm die Tür vor der Nase zu. Er klingelt noch einmal. Nachdem ich die Rosen auf die Küchenabdeckung gestellt und alle Fenster wieder geschlossen habe, nehme ich meine Tasche und verlasse meine Wohnung. Cole wartet auf mich und folgt mir aus dem Haus.

»Hey, jetzt warte doch mal.« Er holt mich ein und läuft neben mir die Wohnstraße zur nächsten Kreuzung.

»Wozu?«

»Ich will mit dir reden.«

»Ach ja? Das wollte ich die letzten zwei Tage, aber du hattest keine Zeit. Und jetzt habe ich keine, da ändern auch die Blumen nichts dran. Ich ziehe heute in meine neue Wohnung ein. Wie hast du mich überhaupt gefunden?« Jetzt bleibe ich doch stehen. Die Rosen sind wundervoll, bestimmt duftet meine Wohnung bereits danach.

»Ich habe die App auf deinem Handy nie entfernt und du auch nicht.«

»Wie bitte?«

»Wir haben es vergessen.«

»*Ich* habe es vergessen. Du bestimmt nicht.« Denn Cole sieht nicht mal schuldbewusst aus. Aber das geht zu weit. Nachdem ich mein Handy entriegelt habe, reiche ich es ihm. »Los, mach.«

Ohne mit der Wimper zu zucken, kommt er meinem Wunsch nach. Sehr schön. Es kostet mich alle Mühe, nicht auf seine Berührung zu reagieren, als er mir mein Handy zurückgibt. Ich lasse ihn wieder stehen, mein Ziel ist das Pfannkuchenhaus an der Ecke. Cole folgt mir, bestellt sich im Café einen schwarzen Kaffee, während ich mich für Blaubeer-Pancakes und einen Cappuccino entscheide. Er setzt sich zu mir, bleibt still, während ich esse. Innerlich seufze ich. »Ich habe wirklich keine Zeit.« Ich bin nicht wütend, eher traurig und enttäuscht. Und wenn er mich dann noch so schuldbewusst ansieht, habe ich ihm eigentlich bereits verziehen. Oder will er mich abservieren und es mir schonend beibringen?

»Ich kann warten. So lange, bis du mir eine Chance gibst, dir alles zu erklären.«

Mein Herz macht einen hoffnungsvollen Hüpfer, denn seine Stimme ist liebevoll. »Ich muss los.«

»Lass, ich bezahle.« Cole legt seine Hand auf meine, als ich nach der Rechnung greife. Meine Sehnsucht nach ihm ist ungebrochen, das merke ich überdeutlich, als er mich festhält. Natürlich, ich kann mich kaum beherrschen, mich Cole nicht an den Hals zu werfen.

»Danke. Also dann.«

Fast schon fluchtartig verlasse ich das Café. Meine Gefühle fahren Achterbahn. Ich will zurück und Cole versichern, dass ich nicht plane wegzuziehen und es wirklich ernst mit uns meine. Gleichzeitig verletzt mich, dass er mich am Morgen nach unserer gemeinsamen Nacht praktisch abserviert hat. Er hat mich nicht mal angehört. Wieso nicht? Und warum hat er nicht auf meine Anrufe reagiert? War etwas mit den Kindern?

Cole ist offenbar mein neuer Schatten, denn er gesellt sich wieder zu mir und spaziert mit mir zurück zu meiner Wohnung. »Geht es Lilly und Lucas gut?«

»Sie sind bei meinen Eltern.«

»In Thailand?!«

»Nein, meine Eltern sind zurück. Hannah, warte, können wir …«

»Nein, können wir nicht. Hör zu, ich kann nicht springen, wenn du rufst. Ich habe versucht, dich zu erreichen, und du hattest nicht mal Zeit, mir zu sagen, dass du keine Zeit hast. Das wäre doch das Mindeste gewesen, findest du nicht?«

»Ich würde dir gerne erklären, was los war. Aber nicht auf der Straße.«

Ich sehe das Flehen in seinen blauen Augen. Das Einzige, was ich in dem Moment will, ist, dass er mich an sich zieht und mich küsst und mir verspricht, dass alles gut wird. Aber damit ist es nicht getan, denn eine Beziehung stelle ich mir ganz anders vor.

»Die Umzugsleute kommen bestimmt gleich. Ich rufe dich an.« Ich setze meinen Weg fort. Aber mit jedem Schritt, den ich zurücklege, habe ich das Gefühl, einen Fehler zu begehen. Als ich mich umdrehe, steht Cole immer noch an derselben Stelle. »Hast du Lust, mir zu helfen?«

Ein Lächeln breitet sich auf seinem Gesicht aus und er nickt. »Sehr gerne.«

## COLE

Natürlich habe ich nicht erwartet, dass mir Hannah um den Hals fällt, wenn sie mich sieht. Sie ist verletzt, zu Recht, aber ich konnte sie nicht anrufen. Was ich zu sagen habe, muss ich persönlich tun. Nur ihr so nah zu sein und sie nicht anzufassen, verlangt mir alles ab. Jetzt wie bestellt und nicht abgeholt in ihrer leeren Wohnung auf den Möbelwagen zu warten, ist mehr als unangenehm. Sie lässt mich schmoren, während sie ihre Kleider in den begehbaren Kleiderschrank hängt. Und es wirkt, ich fühle mich mit jeder Minute, die ich blöd rumstehe mieser. Ich könnte zu ihr gehen, noch einmal versuchen mit ihr zu reden. Wenigstens Hannah vom Telefonat mit Chase und Emily erzählen und dass sich das Missverständnis aufgeklärt hat. Doch ich will noch viel mehr sagen, also warte ich weiter. Die Rosen duften betörend, Hannahs Lächeln, nachdem sie die Wohnung aufgeschlossen hat, habe ich gesehen, und im Café hat sie mich bezahlen lassen und mich sogar eingeladen, ihr heute zu helfen. Das sind gute Zeichen, es ist noch nicht alles verloren. Dennoch wächst meine Ungeduld. Hoffentlich kommt der Umzugswagen bald, sonst muss ich mir etwas anderes einfallen lassen. Plötzlich erklingt von draußen ein Motorengeräusch. Ein Blick aus dem Fenster und ich habe die Bestätigung, dass der Möbelwagen hier ist.

»Sie sind da!« Ohne auf eine Antwort von Hannah zu warten, eile ich aus der Wohnung, um den Möbelpackern aufzusperren. Je eher wir fertig sind, desto besser. Also kremple ich die Ärmel hoch und helfe. Ich kann mich nicht erinnern, wann ich das letzte Mal Möbel aufgestellt oder Kartons ausgepackt habe. Zwei muskelbepackte Männer erledigen das Gröbste, setzen auch das Bett zusammen und die Bücherregale. Hannah besitzt bloß eine Couch, einen Lesesessel, eine Stehlampe und einen kleinen hölzernen Couchtisch, keinen Esstisch oder Stühle. Doch bald ist kein Durchkommen mehr im kleinen Wohnzimmer. Die Bücherkisten stapeln sich bis unter die Decke. Eine Handvoll Kartons stehen neben der Küchenzeile. Ich beschließe, das Geschirr zuerst einzuräumen. Als ich fertig bin, ist auch ihr Bett montiert und Hannah räumt ihre restlichen Kleider ein. Die Möbelpacker verabschieden sich am frühen Nachmittag und auch ich verschwinde kurz, um einzukaufen. Nicht nur Champagner steht auf meiner Einkaufsliste, sondern ebenso kalte Häppchen für ein kleines Picknick. Als ich zurück bin, bezieht Hannah gerade ihr Bett. Sie besitzt offenbar Dutzende Zierkissen.

Besser ich kümmere mich gleich noch um die restlichen Bücherkisten.

»Ordnest du deine Bücher nach Farbe oder Genre? Ach nein, sind ja alles Romanzen. Wieso besitzt du so viele davon, sind die Geschichten nicht immer gleich?«, rufe ich durch die Wohnung.

»Natürlich sind sie das nicht«, antwortet sie empört.

»Also soll ich sie nach Farbe sortieren?«

»Klar, warum nicht.« Schön, wenn ich mich ranhalte, bin ich wohl in einer Stunde fertig. Dass Hannah eine romantische Ader besitzt, war mir schon klar, als ich ihre Auswahl der Boutiquehotels gesehen habe.

Bis zum Abend ist Hannahs Wohnung fertig eingerichtet. Auf dem grünen Sofa liegen jetzt auch bunte Zierkissen, ich habe ein paar Landschaftsaufnahmen aufgehängt und eine Deckenlampe montiert. Einen Fernseher besitzt Hannah offenbar nicht. Ihr Apartment ist sehr gemütlich, es passt zu Hannah.

»Zufrieden?«, frage ich sie, als sie aus dem Schlafzimmer kommt und die letzten leeren Kartons zusammenfaltet.

»Sehr. Danke.« Sie zückt ihr Handy und nimmt wohl ein Video auf. Derweil gehe ich zum Kühlschrank und hole die Champagnerflasche heraus.

»Wann hast du denn die besorgt?« Verdutzt sieht sie mir zu, wie ich sie mit einem lauten Plopp entkorke und uns zwei Gläser einschenke.

»Als du vor ein paar Stunden im Wandschrank abgetaucht bist.«

Ich reiche ihr ein Glas und bin überhaupt nicht überrascht, dass mich ein Kribbeln erfasst, als sich unsere Finger streifen. So ist es immer.

*Auf uns,* proste ich ihr im Stillen zu und hoffe abermals, dass ich es mit uns nicht bereits vermasselt habe.

»Hast du Hunger? Sollen wir uns eine Pizza bestellen? Falls du noch bleiben kannst. Wir sollten reden.«

»Ich gehe nirgendwo hin. Allerdings habe ich etwas anderes geplant.«

Da sie mich nicht aufhält, hole ich die Antipasti aus dem Kühlschrank und beginne sie auf dem kleinen Couchtisch aufzureihen.

»Wow, wo kommt denn all das Essen her?« Verdutzt sieht sie mir zu. »Schon klar, als ich im Wandschrank war. Danke.«

Hannahs Lächeln ist nicht zu übersehen, auch wenn sie wieder eine ernstere Miene aufsetzt, sobald ich fertig bin und ihr einen Teller reiche.

Ich nehme auf dem Sofa Platz. Wir essen schweigend, doch Hannahs glückliches Seufzen entgeht mir nicht oder wie sie mir immer wieder Blicke zuwirft. Als sie satt zu sein scheint, legt sie ihren Teller beiseite. Jetzt ist also der Moment gekommen.

»Fang an.« Aufmunternd nickt sie mir zu.

»Ich muss etwas ausholen.« Um mich innerlich zu wappnen, nehme ich unsere benutzten Teller, um sie in die Küche zu bringen. Als ich fertig bin, setze ich mich zurück auf das Sofa und blicke Hannah in die Augen. »Als mein Dad noch CEO der Harris-Gruppe war, bin ich viel gereist. Meist in den USA, aber auch in Europa und Asien. Wenn es hochkommt, war ich nur zwei oder drei Monate im Jahr in Chicago. Ich wollte in unseren Hotels präsent sein, den regionalen Managern über die Schulter sehen, ohne den Mikromanager rauszuhängen, und gleichzeitig ihren Respekt gewinnen. Ich rechnete mir aus, mit fünfunddreißig meinen Dad abzulösen. So alt war er gewesen, als sein Dad ihm die Verantwortung unserer Hotels übertragen hat.«

»Du warst aber erst dreißig oder nicht mal?« Hannah steht auf, geht zur kleinen Küche und schenkt uns zwei Gläser Wasser ein. Sie reicht mir eines davon, bevor sie sich neben mich setzt.

»Ich bin kurz vor meinem dreißigsten

Geburtstag CEO geworden. Schon früh wusste ich ganz genau, wie mein Leben sein wird. War nicht schwer mit meinen Eltern, Großeltern und Urgroßeltern als Vorbilder. Aber ich hatte keine Frau und keine Kinder vorzuweisen, meine Schwestern waren noch zu jung, als dass eine von ihnen als meine Stellvertreterin infrage gekommen wäre, also war ich allein.«

»Kein schönes Gefühl.«

»Nein.«

Hannah nippt an ihrem Glas, während ich jetzt gerne etwas Härteres getrunken hätte.

»Ich bin mit meinen besten Freunden über das Wochenende nach Las Vegas geflogen.« Meine Kehle wird staubtrocken, wenn ich daran zurückdenke. Ich stehe auf, um mein Glas nachzufüllen, und bleibe an der Anrichte stehen. Hannah hat sich nach vorne gelehnt und auf ihre Ellbogen aufgestützt. Sie wartet.

»Ich hatte zuvor eine Frau kennengelernt. Sie und ihre Band haben auf einer Hochzeit, die in einem unserer Luxushotels ausgerichtet worden ist, für die Unterhaltung gesorgt. Ich dachte, sie wäre die Eine.« Oh, wie ich mich doch geirrt habe. »Jedenfalls hat sie an diesem Wochenende in Las Vegas gespielt. Ich war bei ihrer Show, wir haben im Anschluss das Wochenende zusammen verbracht und sie ist schwanger geworden.« Meine

Stimme klingt teilnahmslos, dabei brodelt mein Innerstes.

»Sie ist also berühmt?«

»Sie ist sehr berühmt und Musik war immer das Einzige, das sie interessiert hat. Sie wollte die Kinder nicht, ich konnte sie überreden, sie trotzdem auszutragen. Sie kommt aus Tennessee, ich bin während der ganzen Schwangerschaft von Chicago nach Tennessee und zurück gependelt, hatte jedes Mal Angst, sie allein zu lassen.«

»Weil du ihr nicht vertraut hast«, sagt Hannah leise. »Aber gleichzeitig bist du CEO geworden. Wie hast du das alles geschafft?«

»Keine Ahnung, um ehrlich zu sein.« Resigniert setze ich mich zurück aufs Sofa.

»Wenigstens ist mit der Schwangerschaft alles gut gegangen.« Hannah verschränkt unsere Finger. Es tut so gut, sie zu berühren.

»Ja, nur konnte ich danach die Verantwortung nicht abgeben. Ich wollte mich nie mehr so hilflos fühlen wie während ihrer Schwangerschaft, als ich ihr komplett ausgeliefert gewesen bin. Es war ein beschissenes Gefühl.«

»Darum holst du dir nur wenig Hilfe, weil du Mühe hast, dich auf andere zu verlassen?«

»Ja. Aber es ist auch so, wie ich es dir schon mal erzählt habe. Ich wollte immer eine eigene Familie, dabei sein, wenn meine Kinder zum ersten Mal lächeln, ihr erstes Wort sagen oder zu laufen beginnen. Ich will mit ihnen Ball spielen, Sandburgen bauen und ihnen vorlesen.«

»Das ist schön. Nur hat dein Tag auch bloß vierundzwanzig Stunden.«

»Leider. Im Büro gibt es zudem Ärger. Ich habe mich zu sehr auf unsere Manager verlassen, da ich kaum noch reise und so den direkten Kontakt verloren habe. Mein Dad ist enttäuscht, ich bin es ebenso.«

## HANNAH

Ich begrüße es sehr, dass Cole mir zu erklären versucht, warum er so ist, wie er ist. Dass er wohl so heftig auf meine Notizen für Emily reagiert hat, weil er nur schwer Vertrauen schenken kann.

»Weißt du, ich plane wirklich nicht, Chicago so bald wieder zu verlassen. Aber als Emily mir erzählt hat, dass sie und Chase ein neues Hotel kaufen, damit Chase wegen seiner Verlobten auch in Los Angeles wohnen kann, konnte ich nicht widerstehen, meinen Senf dazuzugeben.« Glaubt er mir?

Cole zieht mich an seine Seite und hält mich fest. »Ja, das weiß ich inzwischen auch. Ich hätte dich nicht so anschreien dürfen, es tut mir sehr leid.«

»Schon okay.«

»Nein, das ist es nicht. Ich habe rot gesehen. Lillys und Lucas' Mom ist Dixie Malone.«

»Was? Die berühmte Sängerin?« Ich schiebe Cole ein wenig von mir, damit ich ihm in die Augen sehen kann.

»Ja, die berühmte Sängerin. Ich habe immer darauf gehofft, dass sie mir eines Tages erklärt, dass sie sich geirrt hat, dass sie doch ein Teil unseres Lebens oder wenigstes dem unserer Kinder sein will. Obwohl sie keine Kinder wollte, hat sie in der Schwangerschaft nichts riskiert. Ganz im Gegenteil, sie hat sich zurückgezogen, um an ihrem neuen Album zu arbeiten. Keiner wusste, dass sie schwanger war. Sie hat sich gut um sich gekümmert, gesund gegessen, sich nicht übernommen. Vielleicht hoffte ich darum auch immer, dass sie sich umentscheiden würde. Weil ich dachte, dass sie tief im Innern erkennt, was für ein Geschenk die Kinder sind.« Er atmet tief durch. »Ihr neues Lied und die Tatsache, dass sie etwas Großes ankündigen will, haben mich wohl auf dem falschen Fuß erwischt. Gleichzeitig haben meine Eltern ihre Weltreise abgebrochen, nachdem ich Dad von dem Ärger bei der Arbeit erzählen musste …«

»… und ich kritzele Herzchen auf Bilder von Hotels in Kalifornien. Wow, da ist einiges zusammengekommen.«

»Ich war in Las Vegas, bei Dixie.«

Ich kann nicht verhindern, dass meine Mundwinkel nach unten wandern und ich mich komplett aus Coles Umarmung schäle. Aber er zieht mich zurück.

»Sie will nichts von uns und was ich schon vorher gemerkt habe: Ich will nichts mehr von ihr. Falls sie Lilly und Lucas hätte sehen wollen, hätte ich dem zugestimmt. Aber sie will nicht.«

»Es tut mir leid für die beiden.«

»Ich weiß und auch darum habe ich mich in dich verliebt. Weil du eine gutherzige, loyale, clevere und sehr romantische Frau bist. Zudem bist du sehr sexy und ich liebe es, dich zu küssen.«

Er hat sich in mich verliebt? »Was?«

»Ich habe mich in dich verliebt, Hannah Porter.« Cole streift meine Lippen mit seinen, doch dann zieht er sich so weit zurück, dass er mir dieses Mal in die Augen sehen kann. »Verzeihst du mir?« Zärtlich streichen seine Finger über mein Gesicht.

Ich kann nicht verhindern, dass ich mich in seine Hand schmiege. »Ich denke schon.« Im nächsten Moment küssen wir uns.

»Ich habe gehofft, dass du mir noch eine Chance gibst«, keucht er an meine Lippen.

»Du hast mir mit der Wohnung geholfen, mir Champagner mitgebracht und dieses köstliche Essen organisiert. Die Sugar Cookies waren übrigens auch sehr lecker.«

»Du bist leicht zufriedenzustellen.«

Unsere Küsse werden ungestümer. Doch bevor wir uns die Kleider vom Leib reißen und aufs Ganze gehen, will ich noch etwas loswerden. »Ich habe mich auch in dich verliebt.«

»Ja?«

»Ja. Aber das heißt nicht, dass ich es gleich in die Welt hinausposaunen will. Können wir es langsam angehen?«

»Meine Eltern werden enttäuscht sein, dass du morgen nicht zum Sonntagsessen kommst.«

»Was? Du hast ihnen von mir erzählt?« Entsetzt klettere ich von seinem Schoß.

Cole lächelt verschmitzt und zieht mich wieder zu sich. »Das war ein Scherz, nächste Woche reicht. Morgen treffen wir meine besten Freunde.«

Als ich ihn in die Seite zwicke, lacht er schallend.

»Ich freue mich schon darauf, wenn mein Dad dich in die Mangel nimmt. Taylor hat erwähnt, dass du eislaufen kannst?«

»Vielleicht.«

»Mein Dad wird dich auf dem Eis herausfordern.«

»Wenn ich gewinne, kann ich dich behalten?«

»Falls du gewinnst.«

»Das habe ich bereits«, wispert er an meine Lippen, küsst mich und hört nicht mehr damit auf.

# Epilog

HANNAH

*Sechs Monate später*

»Ich will höher schaukeln! Ganz hoch, bis zum Himmel!«, ruft Lilly und reckt ihre Ärmchen dabei.

»Halt dich fest, sonst fällst du noch runter«, ermahne ich sie.

»Nein!«

Im Gegensatz zu mir wirft ihr Cole nur einen kurzen Blick zu und baut im Sandkasten mit Lucas die größte Burg, die die Welt je gesehen hat. Unglaubliche zehn Türme und eine riesige Mauer umfasst das Bauwerk. Heute ist es herrlich warm, wir spielen in T-Shirts und kurzen Hosen in Coles riesigem Garten. Ich habe noch immer das Gefühl, mich in seinem Palast zu verirren, so groß ist die Villa. Bestimmt wird er auch heute wieder das Thema »zusammenziehen« ansprechen. Schließlich übernachte ich inzwischen regelmäßig hier. Coles Freunde und seine Eltern habe ich auch kennengelernt. Meine Eltern hatten mir tatsächlich an Thanksgiving eröffnet, dass sie dabei sind, nach Florida zu ziehen. Doch nach einem Monat war es meinem Dad schon zu langweilig und er ist mit meiner Mom wieder zurück nach Philadelphia. Zum Glück hatte er sein Geschäft noch nicht verkauft.

Cole und Onkel Stan haben meinen Dad und mich bei einem Hockeyspiel an Weihnachten zehn zu sechs besiegt. Mein Dad war ganz schön beeindruckt und somit ist Cole auch gut genug für mich. Dass er der CEO der Harris-Gruppe ist, hat keinen wirklich beeindruckt. Auch wenn Tante Mabel sich gerne als Innenarchitektin in Coles Hotels austoben würde.

»Fängst du mich auf, wenn ich springe, Hannah?!«

Coles Stichwort, denn so gelassen, wie er tut, ist er nicht. Und somit reagiert er auch als Erster und fängt Lilly auf, als sie springt.

»Willst du noch mal?«, fragt Cole.

»Nein, ich helfe mit der Burg. Komm, Hannah, wir holen eine Prinzessin.« Sie reicht mir ihre Hand und zieht mich mit sich ins Haus. Es ist Sonntag. Ich mag, dass wir an den Wochenenden allein sind. Maria nimmt sich inzwischen Samstag und Sonntag frei, wir kochen, backen und tun das, was ganz normale Familien eben so tun.

In Lillys Zimmer angekommen, ist es offenbar meine Aufgabe, alle Puppen nach draußen zu bringen. »Sind das nicht viel zu viele?«

»Nein, wir spielen Teeparty, so wie bei Grandma und Grandpa. Es gibt fünf Sorten Kuchen und leckere Limonade.«

»Fünf Sorten? Dann rollen die Puppen ja nach Hause.«

Lilly kichert. »Aber nein, wir tragen sie. Komm.«

Sie drängt mich zurück in den Garten. Die Burg ist weiter angewachsen, Lucas hat seine Playmobilmännchen an der Stadtmauer platziert, während Lilly ihre Puppen hinsetzt. Grinsend stehe ich daneben, denn Cole wirkt wieder selbst wie fünf, wenn er penibel Fähnchen an den Türmen befestigt und sogar winzige Girlanden um den Innenhof drapiert. Die sind wohl ein Überbleibsel des letzten Geburtstagsfestes.

»Wir sind bereit für den König und die Königin«, verkündet Lucas.

Zu meinem Erstaunen ergreift Cole feierlich meine Hand.

»Keine Angst, ich werde euch beschützen.« Lucas springt auf, zückt ein imaginäres Schwert und rennt damit quer über den Rasen. »Ja, ich hab dich! Nimm das! Du wirst niemals den Schatz stehlen, ich beschütze die Königin.«

»Es ist alles zur Teeparty angerichtet.« Lilly klopft auf den Platz neben sich und reicht mir einen Teller mit einem Sandkuchen.

»Lecker.«

Auch Lucas lässt sich neben uns plumpsen. »Du musst den Schatz suchen. Wir haben ihn versteckt.«

Einen Schatz?

»Irgendwo in der Burg. Wenn du willst, können wir dir helfen, ihn zu finden.« Cole klatscht mit Lucas ab.

Ohne die Burg zu zerstören, habe ich doch keine Chance, den Schatz zu finden. »Ist es Schokolade?«

»Nein!«, rufen Lilly und Lucas.

»Gummibärchen?«

»Nein!«

Ich betrachte die Playmobilfiguren etwas genauer, vielleicht finde ich einen Hinweis. Es sind einige Fußballer darunter, Feuerwehrmänner, ein Arzt. Aber dann entdecke ich ein Männchen mit einem Zylinder neben einem der Türme. »Darf ich ihn zerstören?«

»Wenn es sein muss.« Cole nimmt mir das Männchen ab und lässt mich danach im Sand buddeln. Es dauert nicht lange, bis ich auf eine kleine Schatulle stoße, und daneben finde ich eine andere Playmobilfigur. Cole hält die Schatulle, während ich die Figur sauber wische … Es ist eine Braut?!

Als ich zu Cole blicke, kniet er bereits vor mir. Lilly und Lucas stehen feierlich neben ihm.

»Hannah.« Cole öffnet die Schatulle, in der ein rosaroter Brillant auf einem Diamantband glitzert. Cole erhebt sich, ergreift meine Hand und hilft mir auf. »Ich dachte nicht, dass ich das Glück habe, jemanden wie dich zu finden. Du berührst mit deiner liebenswerten Art mein Herz. Du bist unerschrocken, loyal und clever. Du forderst mich heraus, unterstützt mich und zeigst mir immer wieder, wie wertvoll und wichtig die kleinen Dinge im Leben sind. Ich kann mir ein Leben ohne dich nicht mehr vorstellen, keiner von uns kann das. Und darum frage ich dich, ob du meine Frau werden möchtest.«

Lilly und Lucas können sich kaum beherrschen, sie zappeln, während sie ihre kleinen Daumen drücken. »Natürlich möchte ich dich heiraten.« Ich küsse Cole, während um uns das Chaos ausbricht. Dass wir auf die Sandburg fallen, als Lilly und Lucas auf uns springen, ist nicht meine Schuld, auch wenn es Cole vehement behauptet. So ein verrückter Kerl.

»Der Ring ist wundervoll, vielen Dank«, bemerke ich, als ich mir den Sand von den Kleidern geklopft habe.

»Das ist noch nicht alles.«

»Ach nein?«

»Nein. Kinder, wohin fahren wir jetzt?«

»In den Freizeitpark!«, rufen Lilly und Lucas und hüpfen wie Flummis.

»Wirklich?« Mein Versprechen, das ich noch nicht eingelöst habe.

»Ja, nach Kalifornien, Disneyland«, sagt Cole. »Mein Dad will mir die neuen Manager vorstellen. Wenn ich gewusst hätte, dass es ihm so viel Spaß macht, mich zu unterstützen, hätte ich ihn längst eingestellt.«

Cole und sein Dad haben die Rollen getauscht, sein Dad reist jetzt herum und besucht die verschiedenen Regionen, so wie Cole früher. Es läuft wunderbar und das Beste ist, dass Cole deutlich entspannter ist. »Danach fliegen nur wir zwei nach Maine. Ich habe von einem sehr romantischen Hotel gehört.«

»So so.«

»Ja, eine Freundin hat davon erzählt. Sie war während einer Abschiedstour dort, aber ich finde, eine Hochzeitsreise klingt viel besser. Was meinst du, Mrs Harris?«

»Was? Aber das bedeutet doch …«

»Keiner hat gesagt, dass wir warten. Liz hat alles organisiert. Du musst nur nochmals Ja sagen, es ist ganz einfach.«

»Ganz einfach perfekt.«

ENDE

Vielen Dank fürs Lesen! Ich hoffe, Dir hat die Geschichte gefallen. Im nächsten Band **PUMPKIN AND SPICE** geht es um Coles besten Freund Rowan und seine Fake-Verlobung …

Ich wünsche Dir viel Vergnügen! ♥

Übrigens Liz' Geschichte mit dem heißen NHL-Spieler findest Du hier: **PHILADELPHIA PUCKS: HUDSON & LIZ**

Es wäre toll, wenn Du auf Amazon eine kurze Rezension hinterlassen würdest, das hilft anderen

Lesern, neue Bücher zu entdecken und mir gibt es Feedback. Danke! ♥

Um die Neuerscheinung nicht zu verpassen, folge mir bitte auf Amazon.

# Nachwort

Vielen Dank, dass Du *Trick or Treat* gelesen hast! Ich bin sehr glücklich darüber, dass ich Coles Geschichte mit drei wunderbaren Autorenkolleginnen realisieren konnte.

Bei *Boss Love in Chicago* erwarten Dich außerdem:

Fake-Romance in *Pumpkin and Spice*
Brother's Best Friend in *Candy at Midnight*
Enemies to Lovers in *Sweet and Sour*

Falls Du, bis es mit Rowan und Apple weiter geht, Lust auf exklusive Kurzgeschichten hast, dann melde Dich doch für meinen Newsletter an und erhalte Dein exklusives Geschenk. Zur Anmeldung benutze bitte diesen Link: https://www.katrinebuck.net/newsletter-2/

Ich freue mich auch sehr, wenn Du mir schreibst, wie Dir das Buch gefallen hat (katrinebuck@gmail.com) und wenn Du magst auch eine Rezension auf Amazon, Lovelybooks, Goodreads, Deinem Blog … hinterlässt und bitte empfiehl das Buch weiter. Besonders im Selfpublishing sind wir Autoren darauf angewiesen. Ich danke Dir von Herzen!

Alles Liebe

Printed in Poland
by Amazon Fulfillment
Poland Sp. z o.o., Wrocław

26245744R00170